TUMULTE À ROME

Odile Weulersse

TUMULTE À ROME

Illustrations :
Bruno Mallart

À la mémoire de mon frère Michel

FAMILLE PATRICIENNE CAPITOLINA

Aulus Pomponius CAPITOLINUS : *le grand-père*
Caius POMPONIUS Capitolinus : *le père*
CORNELIA : *la mère*
TITUS Pomponius Capitolinus : *le fils*
POMPONIA : *la fille aînée*
QUATRE PETITES FILLES

ROMAINS

Marcus MANLIUS : *ami de Titus*
Kaeso FURIUS : *ami de Titus*
Quintus PAPIRIUS STILO : *jeune patricien*
DROMON : *esclave grec de Papirius Stilo*
PAPPUS : *entrepreneur de spectacle*
MIRABELLA : *mime*
le « manchot » TUBÉRON : *ancien combattant*

GAULOIS

TRIFON : *jeune soldat*
VIRDOMAR : *chef gaulois protecteur de Trifon*
LEBŒUF : *soldat*

PERSONNAGES HISTORIQUES

- Élu en 218 avant J.-C. :
le consul Gaius FLAMINIUS : *jeune soldat*
- Élus en 217 avant J.-C. :
le dictateur Quintus FABIUS Maximus (plus tard
Cunctator, « le temporisateur »)
le chef de cavalerie Marcus MINUCIUS Rufus
- Élus en 216 avant J.-C. :
le consul Lucius Aemilius Paulus, PAUL ÉMILE
le consul Gaius Terentius VARRON

HANNIBAL Barca : *général carthaginois*
MAGON : *jeune frère d'Hannibal*
MAHARBAL : *chef de la cavalerie carthaginoise*

*À Rome, on peut appeler ses amis, soit par leur pré-
nom, soit par leur nom, soit par leur surnom. Je sou-
ligne en CAPITALES le nom qui est utilisé dans mon
livre.*

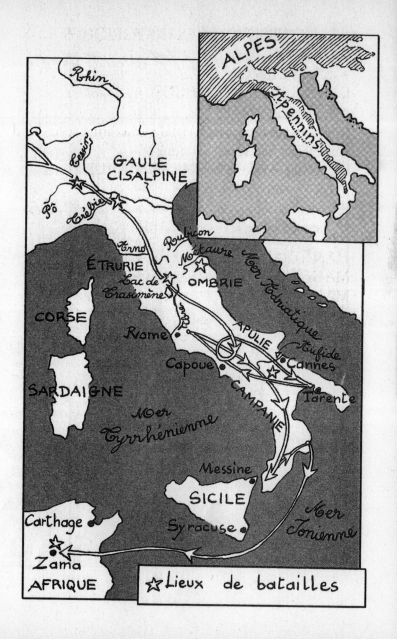

Lieux de batailles

ROME en 217 avant J.-C.

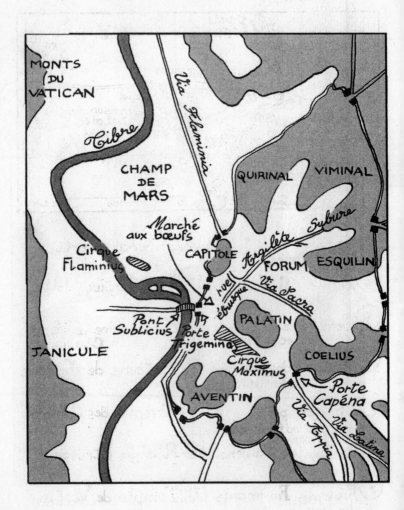

Le Forum Romain en 217 avant J.-C.

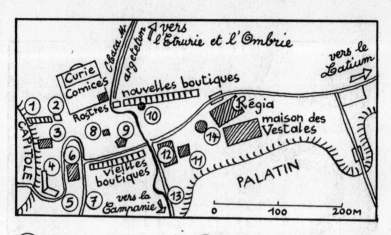

1. Escalier des Gémonies
2. Prison Tullianum
3. Temple de la Concorde
4. Portique des Dieux conseillers
5. Chemin pour monter au Capitole
6. Temple de Saturne
7. Rue des Fabricants de jougs
8. Tribunal du préteur
9. Lac Curtius, dallé
10. Sanctuaire de Vénus Cloacine
11. Fontaine de Juturne
12. Temple des Castors
13. Rue des Étrusques
14. Temple de Vesta

Avant-propos

En 218 avant Jésus-Christ, 535 ans après sa fondation[1], Rome domine la péninsule italienne. Son pouvoir s'étend d'une rivière aux eaux rougeâtres, le
Rubicon, jusqu'à Tarente au sud. Depuis peu, elle a
soumis la Gaule Cisalpine. Elle a surtout gagné une
longue guerre contre Carthage, imposé à la ville
vaincue un lourd tribut, et annexé la Corse, la Sardaigne et une partie de la Sicile.

C'est alors qu'un jeune général carthaginois, Hannibal Barca, décide de venger son pays et de vaincre
la République romaine.

---

1. La fondation officielle de Rome date du 21 avril 753 avant J.-C.

1

La famille Capitolina

Titus galope dans un nuage de poussière et s'éloigne des remparts de Rome. Sa tunique ondule sous le vent et sa petite bulle d'or ballotte autour du cou. Il parcourt des collines couvertes de vergers, de vignes, d'oliviers, de bois de chênes et d'ormes dont les feuilles jaunes et brunes chatoient sous le soleil d'automne. Titus est pressé d'annoncer l'incroyable nouvelle et le trajet, pourtant familier, lui paraît interminable.

En arrivant à la ferme de Tusculum, il siffle le chant du rossignol. Aussitôt quatre petites filles sortent de la maison et crient d'une seule voix :

« Titus, tu es en retard pour le repas ! Grand-père te punira ! »

Titus lance la bride de son cheval à un esclave et se précipite à l'intérieur. Dans l'atrium, éclairé par une ouverture rectangulaire au centre du toit, sa mère, sa sœur Pomponia et son grand-père, installés autour d'une grossière table de bois pour le principal repas de la journée, mangent avec leurs doigts une bouillie de froment dans des bols de terre cuite noire.

« La prochaine fois que tu arriveras en retard... »

Le grand-père n'a pas le temps de faire ses remontrances car Titus annonce d'une voix surexcitée :

« Hannibal a traversé les Alpes ! »

Chacun tourne vers le jeune garçon un visage interrogateur.

« Que dis-tu ? demande le grand-père.

— Hannibal a traversé les Alpes avec ses soldats et ses éléphants. Le Sénat est convoqué demain matin et...

— Les Carthaginois ne sont donc pas tous morts dans les montagnes ! » interrompt Cornelia, ahurie.

Puis, passant de la stupéfaction à l'affolement, elle ajoute :

« Ces barbares vont envahir Rome ! Junon, je t'en prie, épargne-nous de trop grands malheurs. »

Le grand-père, Aulus Pomponius Capitolinus, reprend calmement de la bouillie, tandis que les petites sœurs, intriguées, s'informent auprès de leur mère, Cornelia.

« Qu'est-ce qu'un éléphant ? s'enquiert l'une.

— Un gros bœuf avec un nez qui bouge comme un serpent. Dépêche-toi de manger pendant que c'est chaud.

— Qui est Hannibal ?

— Un général carthaginois qui a juré de conquérir Rome. Finis ta bouillie, ma petite.

— Il va nous tuer ? s'inquiète la troisième.

— Pas tout de suite, ma chérie. Mange.

— Mais il fera certainement périr des milliers de légionnaires romains », ajoute Pomponia, la grande sœur de treize ans.

Le grand-père donne un coup de poing sur la table.

« Par Jupiter, femmes, cessez de dire des stupidités. Les Romains n'ont rien à craindre de ce jeune exalté ! »

Le silence se fait autour de la table. Enfin Titus déclare :

« J'aimerais bien être soldat pour voir un éléphant.

— Tu feras la guerre quand la Cité aura besoin de toi, répond son grand-père. Et quand tu seras assez réfléchi pour comprendre qu'on se bat pour défendre la République et non par curiosité. »

Puis il bougonne en hochant sa tête énergique.

« J'aimerais bien être soldat pour voir un éléphant ! Jupiter, pardonne à nos enfants leurs puérilités ! Titus, suis-moi ! »

Le vieux sénateur, au corps trapu, à la barbe grisonnante négligemment taillée, aux cheveux longs selon l'ancienne coutume, enfile des bottes de paysan et se dirige d'un pas décidé vers le corridor. Titus jette un regard déçu sur son bol encore plein. Sa mère le rassure en souriant.

« Obéis vite, mon fils. Je te garderai de la bouillie. »

*
* *

Titus a seize ans, des cheveux mi-longs, un corps mince et nerveux et des jambes légèrement arquées par la pratique du cheval. La nuit commence à tomber lorsqu'il rejoint, dans la grande cour rectangulaire de la ferme, son grand-père qui discute avec l'intendant. Celui-ci porte sur la tête le bonnet de feutre des affranchis[1].

« A-t-on réparé les sangles des pressoirs à olives ? demande le vieux sénateur.

— Non. Deux esclaves sont tombés malades, explique l'intendant.

---

1. Affranchi (*libertus*) : ancien esclave devenu libre, mais qui a encore des devoirs et des obligations envers son ancien maître.

« — Alors diminue leur repas, puisqu'ils ne travaillent plus.

— Nous pourrions acheter des sangles à la Ville.

— Acheter ! Par Jupiter quelle folie ! Nous réparerons les sangles nous-mêmes. Et qu'on prépare les jarres d'huile que j'irai vendre au prochain marché, avec les peaux des brebis. A-t-on mis du fumier au pied des oliviers ?

— Oui, maître.

— Et fagoté le petit bois ?

— Oui, maître.

— Demain tu vérifieras l'état des mangeoires. C'est Titus qui labourera le champ d'en haut puisque je serai au Sénat. »

Le garçon, interloqué, s'exclame :

« Mais je dois aller au champ de Mars pour des exercices militaires ! »

Le sénateur lui jette un regard réprobateur :

« Un bon soldat est d'abord un bon paysan. Ne l'oublie jamais. C'est parce qu'il apprend à cultiver et à accroître son domaine qu'un citoyen sait défendre le sol de sa patrie.

— Je dois retrouver Kaeso Furius, insiste Titus.

— Le fils du tribun de la plèbe[1] ! Tu lui diras que tu retournais la terre d'un champ de blé. Cela rap-

---

1. La plèbe est « le peuple ordinaire ». Nom donné à tous les citoyens romains en dehors de la classe privilégiée des patriciens, propriétaires terriens.

21

pellera à ce plébéien que ce sont les laboureurs qui ont fait la grandeur de Rome. »

Titus fait une grimace de dépit et le ton du sénateur devient sévère.

« Ne montre pas ta colère. Il est indigne de manquer à ce point de maîtrise de soi ! »

Le garçon rougit légèrement et baisse les yeux, de honte.

*
* *

Le lendemain, dès l'aube, Titus retourne la terre avec une légère charrue de bois et beaucoup d'impatience. Le sol est dur, le bœuf récalcitrant et le travail avance lentement. Le jeune noble-paysan se désespère en voyant le soleil monter vers le milieu du ciel. Enfin, lorsque l'astre du jour fait scintiller la mer dans le lointain, le champ est entièrement labouré. Titus a vite fait de ranger la charrue, de grignoter un morceau de pain, quelques noix, une pomme, et de galoper vers Rome.

Malgré les encombrements de la voie Latina puis de la voie Appia, Titus franchit rapidement les treize miles[1] qui séparent Tusculum de Rome. Peu de jeunes gens s'exercent encore sur le champ de Mars que Titus traverse jusqu'à la boucle du Tibre où il

---

1. Un mile romain, soit mille pas, mesure 1 472 mètres.

siffle le chant du rossignol. Aussitôt se dressent, dans l'ombre d'une cabane, ses amis Furius et Manlius. Tous deux ont un an de plus que lui, tous deux ont déjà coupé leurs cheveux. Furius, grand et vigoureux, a le regard audacieux et le menton volontaire. Manlius, petit et grassouillet, a un visage doux et rond.

« Te voilà enfin ! déclare Furius.

— J'ai dû labourer un champ. »

Furius éclate de rire :

« C'est tout ce que les nobles savent faire : labourer, planter et bavarder. Pendant ce temps, ils laissent Hannibal entrer en Italie comme dans un moulin. Crois-moi, ils vont finir par livrer la République aux Carthaginois !

— Comment oses-tu proférer de pareilles sottises !

— Je dis la vérité. Vous avez laissé Hannibal traverser le Rhône sans l'attaquer, et maintenant le Carthaginois se prélasse tranquillement, confortablement, goûlument, en Gaule Cisalpine.

— Tu ne connais rien à la stratégie militaire, imbécile !

— Tu m'insultes ! Par Hercule, recrache ce mot que tu viens de prononcer.

— Va plutôt te faire pendre, répond Titus.

— Disparais de ma vue !

— Plutôt mourir que de te revoir ! »

Manlius tente d'arrêter la dispute.

« Mes amis, je vous le demande, conduisez-vous en citoyens honorables. Cessez de vous quereller dès que vous vous retrouvez. Allez, donnez-moi la main, chacun. »

Tous deux tendent une main réticente.

« Maintenant adressez-vous de bonnes paroles. »

Après un moment de silence, Titus bougonne :

« Furius, veux-tu nager ?

— J'accepte. Le premier qui a fait un aller-retour a gagné. »

Titus enlève prestement sa tunique et court nu dans les marécages qui bordent le Tibre. Plus léger que son adversaire, il plonge le premier dans le fleuve. L'eau est froide, le courant violent, et le nageur, insensiblement, dérive de sa trajectoire. À mi-parcours il aperçoit Furius qui le rejoint, le dépasse, en longues brasses calmes et puissantes. Titus se hâte en mouvements saccadés et inefficaces, s'essouffle, et entend, la rage au cœur, son adversaire lui crier en faisant demi-tour :

« Tu nages comme une grenouille ! »

Avec une traversée d'avance, Furius profite avec insolence de sa victoire.

« Tu comprends enfin, jeune noble, que l'avenir de Rome est dans les hommes de la plèbe ! »

Manlius s'empresse de détourner la conversation.

« Venez donc boire dans ma maison », propose-t-il.

Titus répond d'un air buté :

« Je dois rentrer à la ferme. »

Furius a un petit sourire moqueur :

« Veux-tu qu'on se retrouve demain pour la revanche ?

— Tu as ma parole, à demain.

— Porte-toi bien. »

Titus regarde ses deux amis s'éloigner vers les remparts de Rome. Le crépuscule remplit d'ombre la vaste plaine du dieu Mars. Entre les terrains vagues, seuls émergent encore dans la lumière les murs de la Ferme publique, l'autel de Mars, le cirque Flaminius et le temple d'Apollon. Mais Titus reste insensible à la poésie du soleil couchant. Il est vexé. Pourquoi Furius nage-t-il plus vite que lui ? Pourquoi s'est-il stupidement énervé pendant cette course ? Son grand-père a raison de lui reprocher son manque de maîtrise de soi. En face d'un réel danger quand il sera soldat, comment se conduira-t-il ? Pour mériter le titre de citoyen et accomplir dignement ses dix années de service militaire, il doit d'abord apprendre à contrôler son corps et à dominer ses émotions. Et quoique le froid du soir le fasse frissonner, Titus franchit à nouveau les marécages et replonge dans le fleuve. Une fois, cinq fois, dix fois, quinze fois, il traverse et retraverse le Tibre. Sa respiration devient puissante et régulière, ses mouvements plus amples et efficaces. Demain, si les dieux le veulent, il gagnera l'épreuve.

*
* *

À la première heure de la nuit, dans la chambre à coucher du grand-père[1] que réchauffe un brasero et qu'éclairent deux fumeuses lampes à huile, la famille Capitolina s'occupe à de menus travaux. Le sénateur répare une muselière, les petites filles jouent aux osselets, Pomponia démêle avec sa mère un écheveau de laine lorsque crissent des roues dans la cour de la ferme.

« Père est de retour », remarque Pomponia. Par la porte ouverte sur l'atrium, Caius Pomponius Capitolinus, dans sa toge blanche, le visage maigre et réfléchi, entre secoué par une longue quinte de toux.

« Tu vas tomber malade, s'alarme Cornelia. Ces changements de temps en automne sont détestables. Je vais te préparer une tisane de chou. Le chou, c'est bon pour ce que tu as. Et j'irai déposer une offrande à la déesse Fièvre.

— Ce n'est rien, femme. »

---

1. Dans une maison romaine traditionnelle, à côté des cellules qui servent à dormir, il y a une et une seule chambre, le *tablinum,* où se tient souvent la famille et qui est celle du maître de maison.

Cornelia s'affaire sur le brasero pour préparer le remède tandis que son mari s'installe à côté de Capitolinus.

« Étant donné les circonstances, père, tu devrais t'installer dans notre petite maison de Rome. Le Sénat va se réunir souvent pour organiser la défense de la République, et cela t'évitera trop d'allers et retours.

— Que veux-tu dire ? grogne le sénateur, que je ne suis plus capable de faire vingt-six miles par jour ? Sache que je resterai à Tusculum pour surveiller la ferme tant que je tiendrai debout. Raconte-moi plutôt ce qui se passe dans la Ville. S'affole-t-on toujours parce qu'un Carthaginois a franchi une montagne ?

— Oui, la traversée des Alpes bouleverse les esprits. Pas seulement à Rome. Beaucoup de Gaulois nous abandonnent pour rejoindre l'armée d'Hannibal.

— Eh bien, qu'ils se rangent du côté de ce tyran ! Aurions-nous peur, nous, les Capitolini, de ces Gaulois que notre ancêtre a repoussés jadis du Capitole[1] et que nos légions ont à nouveau vaincus, il y a trois consulats. Par Jupiter, tu ne voudrais pas que je les redoute ! »

---

1. En 390 avant Jésus-Christ, les Gaulois ont envahi Rome. La légende veut que les oies sacrées, en criant, aient réveillé la garnison du Capitole et protégé ainsi la colline des envahisseurs.

Pomponius mâche quelques grains de raisin avant de constater :

« Les Gaulois sont de bons soldats. Leur présence au côté des mercenaires d'Hannibal rendra les batailles plus meurtrières.

— Pffft ! Ce sont surtout des soldats versatiles et indisciplinés ! »

Pomponius garde son calme devant les brusques et coutumiers emportements de son père.

« Aussi, père, devant ces nouveaux périls, au moment où la République a besoin de tous, je souhaite que Titus prenne la toge virile et devienne citoyen.

— Pourquoi si vite ! intervient Cornelia. Ne peux-tu attendre, comme le commande l'usage, qu'il ait dix-sept ans et qu'on fête Bacchus au printemps. Es-tu si pressé d'envoyer au combat un enfant encore irréfléchi, turbulent comme un jeune chiot et qui a seulement quelques poils au menton ? »

Et levant les yeux vers le ciel, elle ajoute :

« Junon, vois ma tristesse ! tu ne m'as accordé qu'un seul fils et déjà on me l'enlève !

— Femme, tu fais trop de bruit, constate Pomponius.

— C'est aussi mon avis, Cornelia, dit le sénateur. Titus prendra la toge virile, dès demain matin. Maintenant que chacun se couche. Je vais faire ma ronde pour vérifier que tout est en ordre et fermer le portail de la cour. »

*
* *

Quelle surprise ! Quelle excitation ! Incapable de dormir, une couverture jetée sur sa tunique, Titus tournicote dans son obscure et minuscule chambre. Demain, il sera citoyen romain ! La fierté, l'enthousiasme se bousculent dans son cœur. Bientôt il partira faire la guerre. Bientôt il verra cet Hannibal qui fait trembler les Romains et ses éléphants dont le nez se tord comme un serpent ! Comme il a de la chance d'accomplir son service militaire pendant un conflit qui procurera tant d'occasions de prouver sa vaillance ! Comme il lui sera aisé d'acquérir la gloire et de gravir avec éclat, selon la tradition familiale, la carrière des honneurs. Puis, gorgé de batailles et de victoires imaginaires, Titus s'allonge sur son lit de sangle. Petit à petit, son cœur souffre d'une tristesse imprévue à l'idée de quitter Tusculum, la vie de la ferme, les petites sœurs, Pomponia et surtout sa mère. Humilié par cette faiblesse d'enfant, il envisage de nouveaux triomphes lorsque le sommeil met brutalement fin à cet avenir radieux.

*
* *

Réveillé par le cri d'un poulet qu'on égorge, Titus ouvre sa porte. Dans l'atrium faiblement éclairé par les premières lueurs du jour, les quatre petites filles apportent gravement quelques fleurs des champs. Pomponia, aux yeux clairs comme un ciel d'été, le chignon soigneusement noué sur la nuque, la tunique en tissu fin et doux, lui annonce d'un ton solennel :

« Mon frère, ton bain est préparé. »

Deux portes plus loin, un baquet d'eau froide est posé dans un sombre réduit. Titus se frotte énergiquement avec de la saponaire. Puis un esclave vient couper ses cheveux à la hauteur des oreilles et raser sa première barbe. Lorsque le garçon réapparaît dans l'atrium, toute la famille Capitolina, en grande tenue, l'attend devant l'autel domestique, tandis que l'intendant, sa femme et les huit esclaves de la maison se tiennent en retrait. Cornelia est habillée d'une longue robe blanche de laine fine agrémentée d'une ceinture vert pâle et porte de nombreux bracelets, colliers et bagues. Capitolinus a revêtu ses habits de sénateur : tunique rayée par deux bandes verticales pourpres, toge bordée de pourpre, hautes chaussures noires aux courroies entrelacées et décorées d'une boucle en ivoire.

« Avance, mon garçon », dit-il.

Titus s'approche de l'autel familial où brûle, dans un trou creusé au centre d'une colonne de pierre, le feu sacré du foyer. Au-dessus, se trouve le laraire, petite niche insérée dans le mur, dont Capitolinus ouvre les deux battants de bois. Il s'adresse alors au dieu Lare, et aux dieux Pénates, représentés chacun par une petite statue de pierre posée devant le Génie de la famille symbolisé par la peinture d'un serpent.

« Ô toi, dieu Lare, qui protèges nos champs, et vous, Pénates, protecteurs de notre foyer, ainsi que toi, Génie de la famille, recevez ici les emblèmes de la jeunesse de mon petit-fils Titus. »

Le garçon dépose sur l'autel la bulle d'or remplie d'amulettes qu'il portait à son cou et les poils de sa première barbe. Il laisse tomber sa toge prétexte bordée de rouge, pour revêtir la toge virile uniformément blanche que lui tend son grand-père. Celui-ci l'aide à l'enrouler sur l'épaule gauche, puis sous le bras droit, enfin sur le bras gauche. Capitolinus accomplit alors les gestes rituels : il jette un grain d'encens et un peu de sel dans le feu sacré, puis présente sur une patère[1] le foie du poulet égorgé, les fleurs des champs cueillies par les petites filles, deux figues et une pomme.

« Ô vous, Lare et Pénates, recevez ces offrandes pour que Titus, mon unique petit-fils, continue la tradition de nos glorieux ancêtres, soit un bon père

_____
1. Coupe sacrée pour offrir des présents aux dieux.

de famille, un vaillant soldat et un vertueux citoyen. »

La voix du vieux Capitolinus, trois fois consul, deux fois censeur, doyen des sénateurs, tremble un peu d'émotion en ajoutant :

« Que ta vaillance et ton courage défendent la République et notre Cité. »

Titus rayonne de bonheur, sourit à tous, lorsque doucement Pomponia prend la parole :

« Sa vaillance et son courage ne pourront rien pour écarter la catastrophe que le Destin prépare pour Rome. »

Capitolinus foudroie sa petite-fille du regard, chacun s'observe avec effarement, et un lugubre silence se fait dans l'atrium.

*
* *

Le premier, Titus sort du Tibre et traverse le marécage. Derrière lui, Furius a une expression funèbre.

« En descendant le courant, une grosse branche m'a frappé la nuque ! explique-t-il. Je n'arrivais pas à m'en débarrasser.

— Je n'en doute pas, répond Titus d'un ton ironique.

— Tu me soupçonnes de mentir ?

« — Pourquoi te soupçonnerais-je ? Je te crois sur parole. N'es-tu pas un citoyen romain ?

— Je crains que tu ne te moques de moi. »

Titus sourit :

« Je me moque en effet car tu es un mauvais perdant !

— Et toi, un prétentieux.

— Je ne supporterai pas... »

Manlius s'interpose entre ses deux amis :

« Du calme, du calme. Vous n'allez pas vous disputer le jour où Titus devient citoyen romain. Je vous propose de...

— Je n'ai pas le temps, l'interrompt Furius. Nous recommencerons un autre jour, quand le Tibre ne sera pas encombré de branches. »

Furius s'éloigne à grands pas et Titus éclate de rire :

« Tu as vu ! Je lui ai mis la honte au ventre.

— C'est que tu abuses de ta victoire.

— De temps en temps il mérite une leçon. À l'entendre, il fendrait en deux un éléphant d'un seul coup de glaive.

— Cesse tes taquineries. Tu es, toi aussi, très prétentieux. Donne-moi plutôt des nouvelles de Pomponia.

— Elle parle trop.

— C'est une habitude chez les femmes.

— Oui, mais cette femme-ci n'annonce que des

33

catastrophes pour notre République. Mon grand-père est rempli de rage contre elle. Il songe à la vendre.

— La vendre ! Tu me déchires le cœur !

— J'oubliais que tu es amoureux de ses yeux aussi clairs que le ciel à la première heure de l'été. Aimer ainsi, Manlius, n'est pas une bonne chose.

— Dis-moi la vérité, Titus, je t'en supplie ! Le sénateur songe-t-il vraiment à la vendre alors que je veux l'épouser !

— Qu'elle arrête de dire des bêtises au sujet d'Hannibal ! »

Manlius prend un air songeur.

« Mon père aussi pense qu'Hannibal est un grand général et que les Romains devraient le craindre davantage. Si tu es mon ami, empêche Pomponia de parler.

— J'essaierai de lui mettre une muselière ! »

Le chuintement d'un important crachat les fait se retourner. Un vieux manchot sort de la cabane en grommelant :

« Je sors enfin sous d'heureux auspices avec l'oiseau du bon côté. Depuis midi j'attends qu'il cesse de gratter sur ma gauche la terre de ses pattes. »

Il recrache à nouveau.

« Croyez-en Tubéron, jeunes gens, les Carthaginois ne sont pas doux comme des tétines de truie.

34

Quand je criais à l'abordage pendant la dernière guerre, nous nous battions jusqu'à la nuit. Mais les jeunes ne savent plus rien du passé. Ils n'en retiennent pas les leçons. Parole de vétéran, ils ont eu du mal à me couper ce bras ! Je vous salue pour aller bavarder un peu au Forum. Que de sottises je vais encore entendre !

— Il répète toujours la même chose ! constate Manlius.

— Il est comme mon grand-père : seuls les paysans font les bons soldats, seuls les paysans font les bons citoyens. Pour bien défendre le sol de la patrie, il faut avoir un domaine à préserver.

— Tu as de la chance d'avoir un tel grand-père. J'aimerais tant avoir une ferme.

— Tu voudrais pousser la charrue ?

— Oui. Cela me plairait davantage que d'être un riche banquier comme mon père. J'imagine une vie douce et tranquille à la campagne, une femme tendre comme Pomponia, beaucoup d'enfants.

— Tu renoncerais à la carrière des honneurs ?

— J'ai cinq frères ! Tous veulent devenir consul ! Mon père n'a pas besoin de moi. Toi, tu es condamné à défendre l'honneur de ta famille.

— C'est ma seule ambition. »

Puis avec un grand sourire heureux il ajoute :

« Crois-moi, je ne connais pas de plus grand bonheur que celui d'être digne de mes ancêtres. »

Lorsque Titus rejoint la ferme, le vieux sénateur est en colère contre son fils Pomponius :

« Mon fils, je ne veux pas que Titus aille chez Papirius Stilo.

— Que lui reproches-tu ?

— C'est un admirateur des Grecs, gens qui n'ont aucun sens de la patrie et s'abandonnent à un luxe effronté. As-tu vu l'opulence de sa maison ? Toutes ces pièces inutiles !

— Père, répond Pomponius avec son calme habituel, j'insiste pour que l'éducation de Titus se termine chez cet honnête homme que les citoyens ont élu édile[1].

— Je sais... je sais... les citoyens l'ont élu, bougonne le sénateur.

— J'ajoute que son père m'a sauvé la vie lors de la dernière guerre.

— Bon... bon... bon... Mais j'exige que Titus m'accompagne les jours de marché[2] pour continuer à suivre les activités de la ferme.

— Le grec, cela peut toujours servir, intervient Cornelia, en faisant tinter ses colliers. Ce matin, chez

---

1. L'édile curule est un magistrat ayant la charge des bâtiments publics et religieux, des marchés et des jeux.
2. Le marché se tient tous les neuf jours.

le bijoutier, la femme de Manlius racontait qu'Hannibal parle grec avec ses amis. »

Le grand-père secoue la tête d'un air navré :

« En quoi, je te prie, Cornelia, servirait-il à Titus qu'Hannibal parle grec ? Ton esprit, je le crains, s'égare. »

Alors s'élève la voix douce de Pomponia :

« Cela pourrait servir si Titus est... »

Celui-ci se précipite pour bâillonner de sa main la bouche imprudente et murmure :

« Tais-toi, Pomponia, tu vas encore dire une sottise. Grand-père cherchera à te vendre et Manlius sera désespéré. »

Dans les yeux clairs comme un ciel d'été à la première heure du jour passent de petits nuages de larmes.

2

Les Saturnales

Quelques jours plus tard, au petit matin, Titus découvre avec étonnement la maison de Papirius Stilo. Beaucoup plus grande que les maisons traditionnelles, elle se prolonge, au-delà de l'atrium, par une deuxième cour bordée par un portique à colonnade[1]. Autour donnent une salle à manger, une cuisine et plusieurs chambres. Dans l'une de ces chambres, l'édile Stilo se fait raser la barbe par un esclave. Titus entre et salue ce magistrat d'une trentaine d'années, au visage fin, au regard vif, dont les cheveux courts et parfumés sont précocement

---

1. Péristyle.

dégarnis en haut du front. Stilo vérifie le rasage de son menton dans un miroir de bronze et paraît rassuré.

« C'est bon pour aujourd'hui. À ton tour maintenant, Titus. Ici tu suivras la nouvelle mode et seras rasé tous les jours. Assieds-toi là. »

Puis il appelle :

« Dromon !

— J'arrive, maître ! » répond une voix gouailleuse.

Aussitôt surgit dans le péristyle un jeune homme aux yeux brillants dont le crâne rasé et la sombre tunique de bure indiquent le statut d'esclave. Il tient un bol fumant dans ses mains.

« Maître, je te salue. J'ai trouvé un remède merveilleux contre ta calvitie. Une infusion de vin, de safran, de poivre et de fiente de rat. Cela me fut donné par un Grec qui vient de s'installer à Rome et dit faire profession de médecin. »

Pendant que Dromon frotte la partie dénudée du crâne de son maître avec le précieux remède, Papirius Stilo commence son enseignement.

« Ton père, Titus, m'a confié la dernière étape de ton éducation. Aussi, tous les matins, à l'heure de ma toilette, je t'exposerai une ou deux lois de notre République. Par ailleurs, tu devras apprendre l'art de l'éloquence afin de pouvoir écrire mes discours. Bien maîtriser l'éloquence nécessite une bonne

une LoTIoN
CAPILLAIRE
à base DE
FieNTE
de RAT

connaissance du grec. Dromon se chargera de te l'enseigner pour que tu le parles dès les calendes de janvier.

— Un mois ! C'est bien peu, maître, s'exclame Dromon.

— Un mois doit suffire. Sinon, Dromon, tu recevras quatre cents coups de verges. Y a-t-il des clients devant ma porte ?

— Une dizaine de quémandeurs t'attendent déjà dans le corridor pour la réparation des boutiques neuves sur le Forum, le recouvrement de l'égout, le droit de vendre au marché... enfin tous les Romains mécontents se bousculent pour obtenir tes faveurs ! »

Papirius Stilo soupire d'un air satisfait :

« La charge d'un édile est écrasante ! Aide-moi vite à mettre ma toge. »

Puis il se tourne vers Titus :

« Première leçon : les dieux. Apprends que les dieux gouvernent la nature entière et que rien ne se fait sans leur permission. Ils surveillent les actions, les pensées et les sentiments de tous les êtres humains. »

Et, avec un grand mouvement du bras gauche qui fait s'envoler le pan de sa toge, l'édile se dirige vers l'atrium en déclarant d'un ton théâtral :

« Dromon, fais entrer la clientèle ! »

Dans la petite bibliothèque où s'empilent des coffres de bois remplis de rouleaux de papyrus, Dromon déroule un papyrus et le présente à Titus.

« Que lis-tu ici ?

— Rien.

— Comment rien ?

— Je ne connais pas cette écriture. »

Dromon grommelle :

« *Eïs korakas ton amathè, ton boulomenon masti-gôthênai me.*[1] »

Immédiatement Titus répète :

« *Eïs korakas ton amathè, ton boulomenon masti-gôthênai me.*

— Tu comprends ce que j'ai dit ? s'étonne Dromon.

— Non.

— Et pourtant tu le répètes.

— Je peux répéter tout ce que j'entends. Même le chant des oiseaux. »

Dromon lève les yeux au ciel.

« Quelle mémoire prodigieuse que la sienne ! Quel bonheur que le mien ! Merci, dieux immortels,

---

1. Qu'il aille aux corbeaux, cet ignorant qui me fera fouetter.

de me confier un élève si doué. Il saura le grec avant les calendes de janvier et je ne serai point fouetté. »

Et montrant une tablette de cire :

« Là sont inscrites les lettres de l'alphabet grec. Tu me les réciteras demain matin.

— Mais comment les prononcer ? »

Dromon récite à toute vitesse :

« *Alpha, bêta, gamma, delta, épsilon, dzêta, êta, thêta, iota, kappa, lambda, mu, nu, xi, omicron, pi, rhô, sigma, tau, upsilon, phi, kbi, psi, ôméga*. Maintenant débrouille-toi. J'ai du travail par dessus les oreilles. »

Seul, décontenancé par sa nouvelle vie, Titus n'arrive pas à se concentrer sur l'alphabet. Par la porte ouverte sur le péristyle, il regarde les esclaves aller et venir, bavards, affairés, indifférents, il entend les oiseaux piailler de joie sur la colline, et aperçoit le ciel qui brusquement s'éclaire aux premiers rayons du soleil.

« Il fait trop beau pour étudier », songe-t-il.

*
* *

Un vent froid et sec balaie le Palatin, incline les cyprès, agite les dernières feuilles d'automne. Entre les sept collines, au sommet desquelles s'étirent quelques brumes matinales, tourbillonnent les martinets. Titus se sent d'humeur vagabonde. À quelques pas de la maison de Stilo, il s'arrête devant la cabane du berger Faustulus dont les poteaux vermoulus et le toit de chaume abritèrent jadis Romulus et Remus. Il se rappelle, avec émotion, qu'ici même volèrent les douze vautours envoyés par les dieux pour désigner le fondateur de Rome. Et qu'à ses pieds, Romulus, ce fondateur, traça avec sa charrue de bois l'enceinte sacrée qui sépare la Ville du reste du monde. Et souriant à Jupiter, dont la belle statue en terre cuite rouge, sur le Capitole, protège la cité, Titus murmure :

« Il n'y a pas de plus grand honneur, pour un homme, que d'être citoyen romain. »

Des clameurs venant du Forum l'arrachent à son exaltation. Il dévale le Palatin jusqu'à la place publique où une foule inquiète harcèle de questions les sénateurs.

« Pourquoi tout ce tumulte ? demande Titus à une petite vieille.

— C'est à cause d'Hannibal. Il arrive ! Il sera là demain, peut-être ce soir. Entends-tu les trompettes de ses hérauts ? »

Titus éclate de rire :

« Gentille vieille, ta pauvre cervelle est remplie de sottises ! »

La gentille vieille est bousculée par la foule qui s'écarte devant le préteur. Celui-ci arrive, précédé par six licteurs[1], portant sur l'épaule gauche des faisceaux de baguettes entourés par une courroie rouge, et monte sur la tribune aux harangues ornée d'éperons de navires[2].

« Citoyens de Rome, après avoir franchi les Alpes, Hannibal et son armée ont attaqué nos légions dans la plaine du Pô, près de la rivière Tessin. Et nos légions ont été obligées de reculer. Nous avons perdu la bataille. »

Titus est tellement abasourdi par cette nouvelle qu'il n'entend même pas les murmures et les gémissements de la foule. Comment croire, comment comprendre que les légions de Rome, les invincibles légions romaines, aient dû battre en retraite devant un ennemi plus vaillant qu'elles ? Comment comprendre que Jupiter ait permis cette défaite ?

Lorsque le brouhaha cesse sur le Forum, le préteur reprend la parole :

« Le consul commandant les légions demande que nous lui envoyions des secours. Aussi le Sénat est-il convoqué pour délibérer demain sur les mesures à prendre. Si les dieux sont favorables à cette délibération, les sénateurs prendront les

---

1. Fonctionnaires qui précèdent en permanence les magistrats titulaires du pouvoir de commandement (*imperium*) et le « prêteur de la ville » qui rend la justice.
2. *Rostra.* Les Rostres.

décrets nécessaires pour remédier au péril qui menace la République. »

*
* *

Le lendemain, dès les premières lueurs de l'aube, Romains et Romaines se massent en silence pour suivre les débats du Sénat. À travers les portes ouvertes de la Curie, ils observent les trois cents sénateurs, ces hommes mûrs aux cheveux grisonnants, responsables du destin de la Cité. Ils aperçoivent Capitolinus, le plus âgé des anciens censeurs, qui examine le foie d'un poulet sacré.

« Vois-tu quelque chose ? gémit une petite femme à moitié étouffée par la cohue.

— Mon grand-père Capitolinus prend les auspices, répond Titus, au premier rang de la foule.

— Que disent les dieux ? Réponds, jeune homme, je te parle ! Les dieux approuvent-ils la convocation des sénateurs ?

— Ils approuvent.

— Et maintenant ?

— Capitolinus parle. Mais je n'entends rien. »

Une pluie fine se met à tomber. Chacun se protège par un pan de sa toge, ou la capuche de son manteau.

« Qu'est-ce qui se passe ?

— Ils parlent toujours.

— Que c'est long ! »

Vers la septième heure, l'assistance, trempée, s'éclaircit. À la neuvième heure les sénateurs quittent leur banc de bois et se groupent par affinités afin de passer au vote.

La foule envahit à nouveau le Forum, impatiente de connaître les décisions prises. C'est Capitolinus qui sort de la Curie pour se rendre à la tribune aux harangues et annoncer aux citoyens :

« Au nom du Sénat et du Peuple romain, nous avons décrété un effort de guerre. Deux nouvelles légions seront levées. Pour payer la nourriture et la solde des légionnaires, un impôt supplémentaire de trente mille as[1] sera prélevé sur les citoyens les plus riches. Pour subvenir à l'entretien des chevaux nécessaires, deux mille as seront demandés aux riches veuves. Le recrutement des légionnaires se fera pendant le troisième marché à partir de ce jour. »

Titus ne sait que penser. Cette honteuse défaite du Tessin se révèle pour lui bénéfique. Il aura le privilège de servir sa patrie plus tôt que prévu. Fini l'apprentissage du grec et de l'éloquence ! Avec de la chance, il sera recruté le jour du troisième marché. Bientôt il verra de ses propres yeux Hannibal et les éléphants. Bientôt il se battra avec le courage

---

1. Petite pièce de monnaie en bronze.

de ses ancêtres. Tout excité, il bouscule l'esclave public qui affiche le décret devant la Curie et se précipite au champ de Mars.

*
* *

Dans la plaine qui s'étend des remparts au Tibre, les jeunes gens s'exercent à l'épée.

« Manlius, Furius, on mobilise !

— Je le vois bien, dit Furius en regardant le drapeau rouge monter sur le Capitole.

— Tu pourras fendre un éléphant en deux avec ton glaive ! » s'exclame Titus en riant.

Furius partage sa gaieté :

« À ton avis, un éléphant est-il bon à manger ?

— Dans ce cas je choisirai la cuisse.

— Une cuisse sera certainement destinée au consul. Mais il n'en mangera pas quatre.

— Es-tu sûr qu'un éléphant n'ait que quatre cuisses ? Il en a peut-être six. »

Manlius écoute ses amis avec consternation :

« Cessez de dire des stupidités. D'ailleurs, vous ne serez peut-être pas mobilisés.

— Pourquoi nous perces-tu le cœur, Manlius ? » demande Furius, peiné.

Manlius, confus d'avoir dit une méchanceté, baisse les yeux sans répondre.

La fête des Saturnales permet aux trois amis d'oublier la longue attente de la mobilisation. Le Forum grouille comme une fourmilière de crânes tous semblables, car tous coiffés du bonnet rond des affranchis. Il n'y a plus ni maître, ni esclave et chacun vit selon sa fantaisie : les uns chantent autour d'un joueur de flûte, d'autres dansent des farandoles, d'autres encore boivent autour de cratères remplis de vin ou jouent aux dés en s'esclaffant bruyamment. Même le jour est illuminé comme la nuit par d'innombrables lanternes, lampes à huile et flambeaux.

« Mon fils, te voilà enfin ! s'écrie Cornelia. Quel tintamarre, ici, c'est à devenir sourde !

— Tu as des cadeaux pour nous ? » demande une petite sœur.

Titus embrasse sa mère et ses sœurs.

« Bien sûr. Pour vous, les petites, deux cerceaux, une balle et un jeu d'osselets tout neufs. Pour Pomponia un collier et des boucles d'oreilles pour maman.

— Oh ! va les chercher tout de suite ! » insiste la plus petite sœur.

Titus jette un coup d'œil sur la foule compacte qui l'entoure et conclut :

« J'irai plus tard, il y a trop de monde.

— Va vite, insiste la plus jeune. Nous t'attendrons ici, près du figuier sacré.

— Alors emporte ton cadeau », déclare Cornelia en offrant une tunique de laine bien chaude.

Titus traverse difficilement le Forum. Arrivé près du temple circulaire de Vesta[1], il glisse brusquement, perd l'équilibre et s'étale sur les pavés.

« La peste soit de cette traînée d'huile tombée d'une lampe », marmonne-t-il, furieux, en se relevant.

Mais dès qu'il pose le pied droit sur le sol, une violente douleur transperce sa cheville. Incapable de marcher, il gravit péniblement le Palatin en s'aidant de ses mains et de son unique pied valide. Enfin il aperçoit la maison de Papirius Stilo et appelle :

« Oh là ! Portier ! À l'aide ! »

Comme personne ne répond, il clame plus fort :

« Oh là ! Portier ! »

Non seulement le portier a disparu mais la porte est restée ouverte au milieu du corridor.

« Quelqu'un est-il là ? » crie-t-il.

Dromon surgit, une couronne de lauriers sur son bonnet de feutre, revêtu de la toge ourlée de pourpre.

« Dromon, aide-moi, je te prie. Je souffre affreusement. »

---

1. Déesse du Foyer.

L'esclave grec le toise avec condescendance :

« Tu oses déranger un sénateur, misérable ! Pour ton audace je te ferai donner cent coups de bâton. Maintenant, laisse-moi passer. »

Et faisant tournoyer le pan de sa toge, il pousse Titus contre le mur et descend vers le Forum.

Titus rampe jusqu'à sa chambre et se hisse sur son lit. Plus que la douleur, l'inquiétude lui donne des sueurs froides. Que va-t-il devenir ? Pourra-t-il marcher le jour de la mobilisation ? Et s'il est capable de s'y rendre en boitant, le tribun le considérera-t-il comme apte au service ? Risque-t-il de rester à Rome tandis que d'autres iront ramasser les lauriers de la gloire ?

*
* *

« C'est clair comme le ciel de ce matin, explique Dromon, toujours vêtu en sénateur. Les dieux t'obligent à rester couché pour que tu apprennes le grec.

— J'ai mal et je veux qu'on me soigne.

— Étudie ! ordonne Dromon, en lui tendant un rouleau de papyrus. Un bon livre fait oublier bien des chagrins.

— Je souffre trop et suis trop anxieux pour étudier.

— Qu'entends-je, dieux immortels ! Un fils de

patricien romain qui se plaint, qui s'inquiète, qui gémit comme une jeune fille ! Du courage, citoyen ! Aurais-tu oublié l'exemple de tes ancêtres ! »

Titus jette sur Dromon des regards furibonds.

« Peux-tu, au moins, m'apporter du fromage et du pain ? Je n'ai rien mangé depuis hier.

— Il se plaint à nouveau ! Un citoyen romain doit ignorer la faim et la soif ! La discipline se relâche gravement dans la jeunesse romaine.

— Peux-tu, au moins, prévenir ma mère et ma sœur Pomponia ! »

Dromon prend un air faussement ahuri.

« Me prendrais-tu pour un esclave ! Aurais-tu oublié qu'il n'y a plus d'esclaves à Rome pendant les Saturnales ? »

Titus lui jette un regard suppliant :

« Dis-moi ce que je dois faire pour me nourrir et être soigné ?

— Apprendre le grec. Sinon je serai fouetté. »

Et lui tendant à nouveau le rouleau de papyrus :

« Sache demain le récit de la mort de Socrate. »

*
* *

Malgré la fumée que dégage la lampe à huile d'olive, malgré ses yeux fatigués, malgré la douleur et l'anxiété, Titus lit et relit, nuit et jour, le discours de Socrate. De temps à autre, des esclaves surgissent

53

dans l'encadrement de la porte, l'observent en riant, puis s'en vont le cœur content. Deux jours plus tard, Papirius Stilo apparaît à son tour :

« Que fais-tu donc ici ?

— J'apprends le grec, explique Titus d'un ton boudeur.

— Il n'y a pas de meilleure occupation dans tout ce désordre. Plus personne n'accepte de me raser et dans ma barbe apparaissent quelques poils blancs. Enlève-les, je te prie. »

Pendant que Titus manie la pince à épiler sur le menton de l'édile, celui-ci prend un ton docte :

« Profitons de ce moment de tranquillité pour continuer nos leçons. À ton avis, quel doit être ton plus grand amour : ta famille ou la République ?

— La République est l'objet de mon plus grand amour. Pour elle je dois tout sacrifier et savoir mourir.

— Tu réponds superbement. Étudie bien. Salut. »

L'édile s'éloigne à grandes enjambées.

« Peux-tu m'apporter du pain et du fromage ? » lui crie Titus.

Papirius Stilo ne l'entend plus. Le jeune citoyen tente à nouveau de mettre pied à terre, mais la douleur est trop forte et il se recouche découragé. Il est seul, il a faim, il a mal, ses rêves d'exploits militaires diminuent à chaque heure qui passe. Alors il se souvient du conseil de son grand-père :

« Mon garçon, ne cède jamais au découragement. »

*
* *

« Mémoire, mémoire prodigieuse ! Il connaît déjà le discours de Socrate après sa condamnation à mort ! s'exclame Dromon. Il a le droit de manger.

— Regarde ses yeux ! s'émeut une jeune esclave grecque de seize ans. Ils sont rouges comme la statue de Jupiter !

— Mirabella, mon petit cœur, tu fais un bien mauvais médecin. Ce malade ne souffre pas des yeux mais de la cheville. »

Mirabella soulève la couverture et pousse un cri :

« Quelle misère ! Dromon, tu as un cœur acide dans la poitrine pour l'avoir abandonné dans cet état. Va immédiatement trouver ce médecin grec qui vient de s'installer en ville et rapporte ici un remède.

— Mon petit lièvre, ne te mets pas en colère. J'ai cru de mon devoir de fortifier le courage d'un soldat de la République.

— Balivernes ! Dépêche-toi ou je ne te parle plus !

— Voilà bien les façons des femmes d'aujourd'hui ! Coquine, donne-moi un baiser !

— Quand tu reviendras. Et surtout ne traîne pas en chemin. »

Puis se tournant vers Titus :

« Je vais t'apporter du fromage, du pain, du poisson salé et des fruits. Pauvre petit ! »

Une heure plus tard, Dromon revient tout essoufflé avec un panier d'osier bien rempli.

« J'ai failli perdre la vie en courant ! Voilà le remède. Tu masses doucement, longuement, patiemment, profondément, chaleureusement la cheville enflée avec de la graisse d'ours, puis tu étales des lupins bleus bouillis dans du vinaigre, enfin tu entoures la fluxion avec du crottin de cheval. »

Mirabella, au visage doux et expressif, prépare les remèdes et s'apprête à commencer le massage, lorsque Dromon lui saisit le bras :

« Arrête, je te prie. Nous n'avons point encore consulté les dieux. »

Imitant un augure, il met un pan de sa toge sur la tête, prend sa sandale et, reproduisant ironiquement les gestes sacramentaux, déclare :

« Je délimite habilement avec ma sandale un espace dans le ciel...

— Dans cette chambre, interrompt joyeusement Mirabella, il n'y a aucun ciel et tu ne verras aucun oiseau.

— Tu as raison. Je sors. »

Dans le péristyle, Dromon recommence sa parodie :

« Je délimite habilement avec ma sandale un espace dans le ciel pour faire porter mon examen. Je vois des oiseaux qui s'envolent. Iront-ils à gauche ? à droite ? Ils vont à droite ! Mirabella, les dieux sont favorables à ton massage. »

Mirabella éclate de rire :

« Mon ânon, mon petit ours, mon papillon, que tu m'amuses ! »

*
* *

À la fin du jour, Capitolinus pénètre dans la chambre de son petit-fils.

« Mais quelle odeur d'écurie ! s'exclame-t-il en reniflant le crottin de cheval.

— C'est le remède d'un médecin !

— Peste soit de cette engeance qui nous vient de Grèce. Celui-ci a certainement juré de te tuer à l'aide de sa médecine. Qu'est ce papyrus sur ton lit ?

— L'*Apologie de Socrate*.

— Un babillard que seule la mort a rendu silencieux. Mon garçon, ne t'éloigne pas des mœurs de nos ancêtres qui ont fait la grandeur de Rome. Voilà de la bouillie de chou préparée par ta mère. C'est bon pour ce que tu as. Et voici mon cadeau. Il a été fabriqué à la ferme. »

57

Titus admire la plaque de métal destinée à décorer son cheval, belle phalère sur laquelle est martelé un loup, symbole du dieu Mars.

« Je te remercie, sourit Titus.

— Es-tu capable de tenir debout ? » demande brutalement Capitolinus.

Sous le regard autoritaire de son grand-père, Titus se redresse péniblement et esquisse un vague sourire. Le sénateur paraît soulagé.

« Dans quelques jours tu devrais pouvoir marcher. Ta sœur Pomponia, selon sa détestable habitude, a exagéré ton mal. Lève-toi souvent et rappelle-toi que ton père a fait ses dix années de service militaire en étant fort souvent malade. Jamais la douleur n'a empêché un Capitolinus d'accomplir son devoir. Porte-toi bien. »

Puis se retournant dans l'encadrement de la porte, il avoue :

« J'ai eu si peur que tu ne puisses te rendre à la mobilisation. »

*
* *

Le jour venu, Titus se lève bien avant l'aube, enfile trois tuniques de laine, se rend à la cuisine pour avaler du lait, du fromage et du pain. Dans le corridor il enjambe le portier qui sommeille sur une toison de mouton, ouvre les deux verrous et fait

58

tourner doucement la porte sur ses gonds. Il fait froid. Le ciel est encore noir et une moitié de lune scintille au-delà du Tibre. Titus descend prudemment le Palatin, sa cheville droite bien bandée dans une botte de cuir. Il croise, sur le Forum, les paysans et les pêcheurs qui montent leurs étals pour le marché, puis rejoint tous ceux qui sont déjà rassemblés sur le Capitole pour la levée des légionnaires : citoyens non encore mobilisés, jeunes gens de dix-sept ou dix-huit ans récemment mobilisables, à l'exception des fils de familles très pauvres. Titus retrouve Manlius qui le serre dans ses bras.

« Heureusement te voilà ! Tu ne souffres pas trop ?

— C'est supportable. J'ai craint de ne pouvoir venir. »

Manlius soupire :

« Tu as très envie de partir, et moi, j'ai très envie de rester. Dix années de guerre, c'est si long ! Que deviendra Pomponia ?

— Je te l'ai déjà dit et je te le répète : être amoureux, Manlius, est une extravagance.

— Tu es sorti de ta tombe ! s'exclame gaiement Furius.

— Ne plaisante pas ainsi avec les morts ! s'indigne Manlius. Ils nous entendent. »

Furius est surexcité.

« Bientôt je vais vous quitter, jeunes patriciens.

— Et pourquoi, je te prie ? demande Titus.

— Réfléchissez donc. Je suis pauvre et servirai comme vélite[1]. Vous êtes riches, et servirez comme cavaliers. Combien prend-on de vélites par légion : mille deux cents ? Combien de cavaliers ? Trois cents. Conclusion, j'ai davantage de chances d'être enrôlé. Je vous imagine déjà, errant pensivement sur le champ de Mars, tandis que je rencontrerai les éléphants.

— Que tu fendras en deux.

— Exactement. »

Titus, éprouvé par sa foulure et sa longue solitude, a vite mauvais caractère :

« Que cherches-tu ? Un coup de poing ?

— Essaye donc et je te remets la cheville en compote.

— Alors je te remodèlerai si bien la figure, que ta mère ne te reconnaîtra pas.

— Mes amis, mes amis, intervient Manlius, je vous pose la question : est-ce le moment de se quereller ? Regardez plutôt. »

Un augure, drapé dans sa toge jaune dont un pan recouvre la tête, délimite dans le ciel, avec son bâton recourbé, un périmètre sacré et surveille l'arrivée des oiseaux. Ceux-ci se font attendre. Longtemps. Le soleil se lève derrière le Quirinal, et la colline du

1. Soldat d'infanterie légèrement armé.

Capitole, couverte par des milliers de tuniques et de toges blanches, paraît ensevelie sous un grand manteau de laine. Enfin un corbeau apparaît sur le Palatin. Paresseusement, il s'installe sur la branche d'un chêne. Des milliers d'yeux l'observent, des milliers de bouches murmurent des prières. Enfin le corbeau s'envole, se dirige vers le sud, puis revient à tire-d'aile sur la droite du périmètre sacré. Un soupir de soulagement sort de toutes les poitrines. Alors commence le tirage au sort.

Dans une grande urne, le tribun militaire tire une tablette de cire et annonce :

« J'appelle les citoyens de la tribu[1] Suburana. »

Furius jette un regard triomphant à ses amis et monte décliner son âge, sa classe, et ses aptitudes physiques.

« J'appelle les citoyens de la tribu Voltinia. »

D'autres jeunes hommes montent à l'appel.

« J'appelle les citoyens de la tribu Palatina. »

Étourdi par le grand air, l'attente, l'énervement, Titus sent sa tête bourdonner. Il entend, comme dans un mauvais rêve, la litanie des tribus appelées.

« J'appelle les citoyens de la tribu Arnensis... la tribu Romilia... Esquilina... Crustimina... La mobilisation est terminée. »

Titus sent les larmes lui monter aux yeux. Man-

---

1. En fonction de leur lieu de résidence, les citoyens étaient partagés en tribus : 4 tribus urbaines et 17 tribus rurales.

lius, malgré sa joie de ne pas être mobilisé, lui envoie un sourire compréhensif. Un autre tribun prend soudain la parole.

« Il manque encore des cavaliers. »

Et plongeant la main dans l'urne, il tire une tablette :

« La tribu Collina. Que viennent seulement les citoyens de la première classe affectés à la cavalerie. »

« C'est notre tribu ! » murmure Manlius.

Le cœur ivre de soulagement, de bonheur, d'espérance, Titus avance comme dans un songe.

« Fais attention, tu boites », chuchote Manlius.

Titus lui sourit de reconnaissance.

La levée terminée, le tribun prend la parole.

« Tous les mobilisés doivent se retrouver dans huit jours, au camp du consul qui s'est replié derrière le fleuve la Trébie. Avant de partir, chaque soldat viendra chercher ses armes avec son équipement et toucher sa solde. Le fantassin recevra quatre as par jour, les centurions huit, les cavaliers dix. »

Puis le préteur s'adresse aux nouvelles légions.

« Soldats, en l'absence du consul, c'est devant moi que vous prêterez serment. »

Et le Capitole résonne des centaines de voix jeunes et claires qui déclarent à l'unisson :

« Je fais serment de suivre les chefs contre

n'importe quel ennemi. Je fais serment de ne point m'enfuir par lâcheté, de ne point quitter les rangs si ce n'est pour ramasser une arme, frapper un ennemi ou sauver un concitoyen. »

3

Le rêve de Cornelia

Vêtu de la cotte de mailles réservée aux militaires riches, d'un casque surmonté de plumes et d'un ceinturon qui retient sa courte épée, Titus fait à cheval une entrée majestueuse dans la cour de la ferme de Tusculum. Il siffle le chant du rossignol et les quatre petites sœurs se précipitent pour l'admirer.

« Que tu es beau ! dit l'une.

— Que tu es fier ! dit la deuxième.

— Que tu fais peur ! dit la troisième.

— Que je t'aime, dit la quatrième.

— Je viens vous saluer avant mon départ », annonce Titus qui descend de cheval et entre dans la maison.

Dès qu'elle aperçoit son fils, Cornelia cesse de filer la laine et se lève précipitamment :

« Mon fils, ne pars pas !

— Mère chérie, as-tu perdu l'esprit ?

— Pomponia a rêvé.

— Est-ce une raison pour déserter ? »

Cornelia prend la main de Titus et le conduit dans la chambre du maître de maison.

« Viens t'asseoir sur le lit près de moi et écoute attentivement ce que j'ai à t'apprendre. Ta sœur Pomponia a rêvé cette nuit.

— Tu me l'as déjà dit. Qu'y a-t-il là d'alarmant ?

— Dans son rêve deux serpents, de même taille et de même aspect, luttaient férocement. L'un allait étouffer l'autre, quand... elle s'est réveillée. »

Titus ne peut s'empêcher de rire :

« En quoi, ma chère maman, ce rêve concerne-t-il mon départ ?

— J'ai fait le même.

— Cela arrive, parfois.

— Les circonstances étaient particulières. C'était il y a seize ans et le lendemain j'accouchais de deux garçons exactement semblables. »

Titus la dévisage d'un air ahuri :

« Veux-tu dire.... enfin es-tu en train de me dire que j'ai un frère jumeau ?

— Tu avais un frère jumeau. Nous avons tout de suite interrogé le flamine de Jupiter au sujet de ces

66

deux serpents et de ces deux enfants. Il a consulté les dieux qui annoncèrent une lutte fratricide entre les garçons. Pour éviter un tel malheur, toi seul fus pris dans les bras de ton père et élevé devant le dieu Lare car tu étais né le premier. Le second fut déposé la nuit dans les bois du mont du Vatican. »

Titus reste muet d'étonnement tandis que Cornelia se lance dans une volubile explication :

« Comprends-tu maintenant mon angoisse lorsque ta sœur, la veille même de ton départ, fait un rêve identique. Pomponia croit que c'est un avertissement des dieux. Ils nous font savoir que ton jumeau est vivant, prêt à te combattre, prêt à t'étouffer. Va voir le tribun. Dis-lui que le ciel s'oppose à ton départ. Dis-lui que tu partiras à la prochaine mobilisation, que ta mère n'a qu'un fils...

— Dis-lui que l'unique petit-fils du sénateur Aulus Pomponius Capitolinus partira dès demain défendre sa patrie, tonne le grand-père dans l'encadrement de la porte. Par Jupiter, que serait devenue Rome, si chaque rêve de femme avait empêché les citoyens d'accomplir leur devoir ! »

Puis se tournant vers Pomponia qui répare une tunique près du brasero :

« Pourquoi annonces-tu sans cesse des catastrophes ? Pourquoi outrages-tu les dieux qui nous protègent ? Ton cœur est-il rempli d'ingratitude pour ta Cité ? »

Pomponia éclate en sanglots.

« Ce sont les dieux qui me font rêver et qui me forcent à parler. Croyez-moi, mes paroles me font horreur. Grand-père, mère chérie, ne soyez pas fâchés. Je suis si malheureuse ! »

Titus va serrer sa sœur dans ses bras et la laisse pleurer un moment sur son épaule, avant de la rassurer gaiement :

« Ne crains rien, Pomponia, je reviendrai. »

À leur tour les quatre petites sœurs tendent leurs bras :

« Au revoir, Titus. Au revoir. »

Leur frère les embrasse à tour de rôle plusieurs fois. Le sénateur secoue la tête et marmonne :

« Voilà des embrassades bien ridicules. »

*
* *

Quand se lève l'étoile du matin, Capitolinus regarde s'éloigner sur le pont Sublicius un petit groupe de soldats. Parmi eux Titus, Manlius et Furius. Les uns sont à cheval, les autres à pied. Ceux-là ont le casque suspendu au cou, le bouclier à l'épaule, et tiennent, dressée, une fourche où sont accrochés quarante kilos de provisions prévues pour dix-sept jours de marche. Les cavaliers sont accompagnés par un esclave à qui ils confient leur chargement. Le grand-père ne peut s'empêcher d'être ému. À nouveau un jeune Capitolinus part pour la guerre, à nouveau l'ancienne et noble famille envoie un des siens défendre Rome et la République.

À côté de lui un homme toussote violemment.

« Encore un mauvais présage que ces éternuements, grogne le manchot en se pinçant le nez. Je les ai prévenus, les petits soldats, je leur ai dit que les Carthaginois ne sont pas doux comme des tétines de truie ! À l'abordage ! Je criais : à l'abordage ! »

Le sénateur lui tape amicalement l'épaule :

« Je sais, Tubéron, nous savons tous : tu t'es battu avec une énergie redoutable et terrible avant de perdre ton bras. »

Le manchot sourit de reconnaissance.

« Les jeunes ne le savent pas !

— Qu'importe, Tubéron, si les dieux s'en souviennent ! »

Et rebroussant chemin, le sénateur marche d'un pas plus lent qu'à l'accoutumée. Il n'arrive pas à se débarrasser d'un pressentiment vague et menaçant.

« Je dois commencer à trop vieillir », se dit-il d'un ton bourru.

Mais au bout du Forum, devant le temple rond de Vesta où brûle le foyer de la Ville, il s'arrête pour murmurer :

« Ô dieux Pénates de Rome, je vous en supplie, protégez mon petit-fils. »

Dix jours plus tard, en Gaule Cisalpine, le petit groupe de soldats avance sous une neige dense et drue qui bouche l'horizon et picote le visage. Les légionnaires gardent le silence, attentifs à ne pas se perdre de vue dans ce brouillard.

« La peste soit de cet Hannibal qui nous oblige à faire la guerre en hiver », grommelle enfin Furius qui, sans cuirasse comme tout vélite, tremble de froid.

Pour mettre un peu de gaieté, Titus siffle le chant du rossignol.

« Voilà la rivière la Trébie ! s'exclame soudain le décurion[1]. Le camp romain ne doit plus être loin. Il suffira de longer la berge. »

Puis le silence retombe, à peine troublé par les clapotis de l'eau. Plus tard, le vent apporte des bribes de paroles, ouatées et incompréhensibles. Les soldats scrutent la rivière.

« Regardez ! » dit Titus en montrant l'autre rive.

Sur l'autre rive, en effet, trois silhouettes fantoma-tiques remontent le cours d'eau.

« Ohé ! crie Furius, qui êtes-vous ?

— Légionnaires de la troisième centurie de la deuxième légion.

---

1. Dans la cavalerie, chef d'un groupe de dix cavaliers.

— Où se trouve le camp romain ?

— Voilà une mauvaise plaisanterie ! »

Indigné par cette insolence, le décurion prend sèchement la parole.

« Ici le décurion Galba. Nous vous demandons où se trouve le camp romain. »

Les réponses fusent en même temps.

« Envolé ! Disparu !

— Nous n'étions pas prêts !

— Hannibal a forcé le consul à attaquer ! Ce fut la débandade !

— L'eau était glacée. Les chevaux ont eu peur. Le consul a sonné la retraite. »

Le décurion garde tout son sang-froid malgré les catastrophiques nouvelles et se contente de demander :

« Dans quelle direction est parti le consul ? »

Un légionnaire tend un bras vers l'horizon complètement bouché.

« Par là-bas. Nous remontons jusqu'à la source de la rivière. Rejoignez-nous vite, on meurt de faim. »

Le décurion se tourne vers ses compagnons pour donner ses ordres, lorsque, à proximité, gringote le chant du rossignol.

« Titus, reviens ! crie Manlius. Tu vas te perdre dans ce brouillard.

— Mais je suis là, derrière toi. Qu'est-ce qui te prend ?

— Je t'ai entendu siffler.

— C'est le froid qui a fait tinter tes oreilles.

— Je t'ai entendu aussi, confirme Furius. Ce ne pouvait être que toi puisque les rossignols ont migré depuis longtemps. »

Titus s'énerve.

« Puisque je vous dis que...

— Cela m'intrigue, interrompt Manlius, en piquant son cheval. Je vais voir. Attendez-moi ici. »

Le cavalier se fond dans la brume. À peine a-t-il

parcouru un demi-stade qu'il discerne, tels des fantômes, onze cavaliers gaulois couverts de neige. Ils ont l'air épuisés et méfiants.

« Salut ! dit prudemment Manlius.

— Grand désastre romain, explique un Gaulois qui baragouine le latin. Grande peur des éléphants. Grande panique des légions.

— Nous devons rejoindre l'armée du consul. Voulez-vous nous accompagner ? propose Manlius. Vous connaissez mieux que nous la région. »

Les Gaulois s'interrogent du regard. Puis, sur le

signe de tête d'un cavalier, s'éloignent brusquement dans le brouillard blanc.

*
* *

Les cavaliers gaulois ne vont pas loin et s'arrêtent sous un grand chêne.

« Lebœuf, que faisons-nous ?

— Nous changeons de camp. Les Carthaginois sont les plus forts. Virdomar a raison : notre intérêt est de rejoindre Hannibal.

— Tant mieux. Je n'aime pas me battre pour ces Romains qui nous demandent de mourir pour eux après nous avoir expulsés de nos terres[1].

— Cela leur apprendra à enrôler de force ceux qu'ils ont écrasés ! » ajoute un autre.

Trifon, le plus jeune de la bande, reste perplexe.

« Hannibal se méfiera peut-être de nous. S'il nous prenait pour des espions, il se montrerait très cruel.

— Maintenant que Virdomar s'est rallié au général carthaginois, il nous protégera.

— Trifon a sans doute raison, décide Lebœuf. Mieux vaut prouver notre loyauté. Nous apporterons à Hannibal la tête d'un soldat romain. Pour le moment, reposez-vous en attendant la nuit. »

---

1. Rome annexa la Gaule Cisalpine en 222 av. J.-C. pour remédier aux fréquentes incursions des guerriers gaulois.

Près de la source de la Trébie, enroulés dans leur couverture, les légionnaires dorment sur le sol gelé. Non loin d'eux, encapuchonné de la tête au pied, Titus, assis près du feu, surveille les environs. La neige a cessé de tomber mais les nuages, bas et denses, rendent la nuit très noire. Titus a l'oreille aux aguets. Malgré l'épais manteau de flocons blancs qui étouffe les bruits, il lui semble entendre des chuchotements et il se lève pour scruter l'obscurité. Les chuchotements persistent. Titus avance prudemment, lorsqu'un bruissement le fait se retourner : dix cavaliers gaulois traversent au galop son campement endormi, détachent les chevaux tandis qu'une voix crie :

« Je me charge du Romain ! »

Le temps d'ouvrir la bouche, il reçoit un violent coup sur la nuque et s'écroule sans connaissance.

* *
* *

Lorsque Titus sort de son évanouissement, il aperçoit le sol enneigé qui défile sous lui et les sabots d'un cheval au grand galop. Allongé en travers de la croupe, bras et jambes ballants, la tête pendante et douloureuse, le ventre endolori par les constants bonds de l'animal, Titus réfléchit vite. Bientôt il sera perclus de courbatures, traversé d'élancements, moulu de fatigue et incapable de remuer. Mieux vaut agir tout de suite. D'un brusque mouvement de reins il se retourne, se laisse glisser sur le sol et détale.

« Par Taranis ! s'écrie Trifon en sautant de sa monture pour attraper son prisonnier, je vais te couper la tête dès maintenant ! »

La forêt est encombrée de ronces, de taillis, de broussailles et Titus, dans l'obscurité, ne sait par quel chemin s'échapper. Trifon le rejoint facilement, le saisit par le cou et le renverse. Tous deux roulent dans la neige. Les cavaliers gaulois rebroussent chemin et, divertis par le spectacle du combat, encouragent Trifon de leurs acclamations. Les adversaires ont même taille, même force. À peine l'un a-t-il plaqué l'autre au sol, que celui-ci le renverse à son tour. Leurs minces silhouettes sombres sur la neige ressemblent à deux serpents qui s'enroulent, s'entortillent, prêts à s'étouffer. Le combat dure longtemps. Lorsque la lune se faufile entre les nuages pour éclairer d'une pâle lumière les corps maculés de boue, Lebœuf s'impatiente :

« Il n'y a plus de temps à perdre. Prenez ce Romain et coupez-lui la tête. »

Quatre Gaulois viennent séparer les combattants. Titus recule de quelques pas, espérant absurdement qu'un secours miraculeux, une intervention des dieux, un cataclysme céleste lui sauvera la vie. Les pensées défilent dans sa tête à la vitesse d'un vent d'orage : mourir, Rome, sa famille, les dieux, sa mère... et machinalement il essuie la boue qui couvre sa figure et fait larmoyer ses yeux. Alors Trifon pousse un cri ! Ses compagnons, à leur tour, s'exclament puis éclatent de rire. Titus ne comprend rien à leur extravagante conduite et les dévisage avec inquiétude. Riant à son tour, le rude Lebœuf ramasse une poignée de neige et débarbouille la figure de Trifon. Alors Titus découvre en face de lui les mêmes yeux gris, le même nez, les mêmes joues, la même bouche, enfin un autre Titus dont seuls les cheveux sont légèrement plus longs. Tous se taisent, soudain troublés par cette ressemblance, aux raisons obscures et stupéfiantes. Brusquement Trifon, paniqué, s'écrie :

« Lebœuf, tu ne vas pas couper une tête comme la mienne ! Cela me porterait malheur !

— Virdomar décidera. »

*
* *

Les cavaliers gaulois repartent au trot. Titus chevauche à l'arrière, son cheval attaché à celui de Trifon. Sauvé ! Il est sauvé, mais pour combien de temps, et d'une si étrange façon ! Il ne comprend plus rien à son destin. Il croyait avoir tout prévu :

les combats, la faim, la soif, le froid, les blessures, les victoires et la mort, mais rien qui ressemblât à ce jumeau gaulois le conduisant chez Hannibal. Devront-ils encore lutter comme deux serpents jusqu'au dernier souffle de l'un d'entre eux ? Dans cette lutte, quel sort Mars, l'imprévisible dieu Mars, lui a-t-il réservé ?

Au milieu de la matinée, la petite troupe aperçoit les tentes du camp carthaginois qui s'étend comme une immense ville aux toits de tissus et de peaux, et s'en approche rapidement. Dans le campement, l'animation est considérable et joyeuse. Près des feux, pour entretenir leurs corps, des soldats s'étirent et frottent leurs muscles avec de l'huile d'olive. D'autres préparent des bouillies, la plupart échangent les dépouilles romaines ramassées après la bataille de la Trébie : cuirasses, casques, chaussures, épées, lances, sacs de farine, conserves de poisson, morceaux de lard.

Tandis que Lebœuf entraîne ses compagnons à travers le camp, Titus observe, effaré, cette armée de mercenaires. Jamais il n'a rencontré, ni même imaginé, tant de langages différents, tant de variétés d'êtres humains : Espagnols aux blanches tuniques de lin, Numides et Libyens à la peau orangée, Baléares à la forte stature, Carthaginois minces et élancés, Nubiens à la peau complètement noire.

Lebœuf montre du doigt un petit groupe qui grignote des noix et des pommes autour d'un feu, au milieu duquel se tient un soldat dont l'épée et la cuirasse sont ornées d'incrustations d'or.

« Voilà Hannibal », annonce-t-il avec emphase.

Titus croit à une plaisanterie. Cet Hannibal qui fait trembler la République, serait assis simplement au milieu de quelques soldats ! Pourtant Lebœuf l'oblige à descendre de cheval et le pousse brutalement devant lui. Puis il s'incline et déclare :

« Noble général, à qui ne résistent ni les Alpes, ni les légions romaines, nous t'apportons le soutien de nos armes et te livrons un soldat romain pour te prouver notre bonne foi. »

Un interprète traduit le message et la réponse du jeune général.

« Je suis l'ami des Gaulois. Ils ont raison de me faire confiance, car je veux les délivrer du joug romain et leur rendre la liberté. »

Puis jetant un rapide coup d'œil sur Titus, il ajoute.

« Tu l'emmèneras dans le camp des prisonniers. »

*
* *

Dans le quartier des soldats gaulois, Lebœuf s'arrête devant une tente plantée à côté d'une enseigne à tête de bélier. Trifon siffle le chant du rossignol et un homme corpulent, d'une cinquantaine d'années, au casque surmonté de deux cornes, apparaît sur le pas de la porte.

« Vous voilà enfin ! s'exclame Virdomar. Je m'inquiétais affreusement.

— Nous nous sommes égarés, explique Lebœuf. Mais je ramène un prisonnier. »

Virdomar pâlit en découvrant Titus, tandis que Trifon, surexcité, dit :

« Regarde-le ! Regarde-le ! Nous sommes pareils !

— Vous êtes comme deux gouttes de lait ! marmonne Virdomar ahuri.

— Regarde encore », insiste Trifon.

Et pour prouver leur stupéfiante ressemblance, il saisit Titus par le menton, lui tourne la tête à gauche, à droite, ouvre sa mâchoire, montre ses oreilles, compare la longueur de leurs bras, sans cesser de rire.

« Maintenant je l'emmène chez les prisonniers, annonce Lebœuf.

— Ah ! non, s'indigne Trifon. Je le garde près de moi.

— C'est dangereux. Il peut nous créer des ennuis. »

Virdomar hésite, dévisage alternativement Lebœuf, Trifon, Titus et conclut :

« Qu'il entre pour le moment sous ma tente ! Nous déciderons plus tard. »

Aussitôt on enlève à Titus ses vêtements romains et on l'habille de braies avec une courte tunique. Les voisins gaulois entrent et sortent pour examiner les deux jeunes gens, font de longs et joyeux commentaires en leur donnant de grandes claques sur le dos. Titus, choqué par tant d'exubérance, garde un visage sinistre.

*
* *

La nuit, tandis que Virdomar, Lebœuf et quelques autres dorment sous la tente à poings fermés, Titus et Trifon ont les yeux ouverts. Titus agite des pensées inquiètes et sombres. Il pense au rêve des serpents, aux révélations de sa mère. Peut-il encore douter que ce Gaulois soit son frère ? Mais peut-il supporter que son frère soit cet hurluberlu désinvolte et volubile ? Il lui faut connaître la vérité.

« Tu dors ? demande-t-il à voix basse.

— Non.

— Virdomar est-il ton père ?

— Non, un marchand m'a trouvé sur une colline près de Rome et m'a emmené avec lui. Mais il tomba dans une embuscade gauloise. On le tua, on me garda. Crois-tu que je sois ton frère ? »

Titus n'a aucune envie de révéler cette fraternité et change de sujet :

« Comment as-tu appris à parler si bien le latin ?

— J'ai beaucoup de mémoire. Le latin, cela peut toujours servir, surtout lorsqu'on est envahi par les Romains. Réponds-moi donc ! Suis-je ton frère ?

— Virdomar a-t-il des enfants ?

— Non. Mais par Taranis, réponds ! Suis-je ton frère ? »

Incapable de mentir, Titus avoue de mauvaise grâce :

« J'avais un frère à la naissance. »

Le silence retombe sous la tente. Titus est soulagé de constater que cette nouvelle impressionne peu le jeune Gaulois. Il ne s'en étonne pas vraiment : le garçon est tellement agité et fantasque. Aussi sursaute-t-il lorsque Trifon énonce avec gravité :

« Alors j'ai un frère romain ! Un père romain ! Une mère romaine ! Une maison romaine ! Un jardin romain ! Dis-moi, comment sont-ils tous, mon père, ma mère, ma maison, mon jardin ? »

Titus, habitué à se soumettre au devoir de vérité, explique lentement :

« J'appartiens à la famille Capitolina. Mon grand-père est paysan et sénateur. Mon père va souvent au Forum pour les affaires de la République. Ma mère est bonne et bavarde. J'ai cinq sœurs. Nous avons deux maisons : une à Rome sur le Quirinal, et une ferme à Tusculum. »

Trifon ne répond rien. Plus tard, Titus demande :

« Tu dors ?

— Non. Je réfléchis. »

Tous deux se taisent, perdus dans leurs pensées.

*
* *

Au petit matin, les trompettes sonnent l'appel pour un rassemblement exceptionnel. Les soldats, emmitouflés dans leurs manteaux de laine ou de peaux de bêtes, se hâtent vers un large terrain vague à côté du camp. Ils sont des milliers à s'installer en cercle, engourdis par la glaciale température de l'aube, mal réveillés et continuant à somnoler debout. Soudain cette multitude assoupie tressaille lorsque s'avance tête nue, les cheveux courts et bouclés, en simple tunique malgré le froid, jeune, beau, le visage rayonnant de la grâce de la victoire, le général Hannibal. À quelques pas le suit un interprète. Lentement Hannibal parcourt des yeux l'assistance, puis déclare d'une voix chaude et vibrante :

« Soldats, autour de moi je ne vois que valeur et courage : fantassins aguerris, cavaliers rapides, alliés fidèles. Je vous ai conduits, moi, le vainqueur de l'Espagne, le vainqueur des Romains au Tessin et à la Trébie, jusqu'aux portes de l'Italie. Mais je ne viens pas ici en ennemi pour combattre Gaulois et Italiens, je viens au contraire les aider à reconquérir leurs terres. À tous, je promets de restituer villes et territoires dès que les Romains en auront été chassés. »

Virdomar jette un coup d'œil approbateur à Lebœuf et murmure :

« Je te l'avais dit ! Il veut le bien des Gaulois !

— Tu avais raison. Nous avons choisi le bon camp ! »

Alors Hannibal prend un agneau dans sa main gauche et une pierre dans sa main droite.

« Que Baal-Hammon[1] et les autres dieux me frappent comme je vais frapper cet agneau, si je manque à ma promesse. »

Et d'un seul et ferme coup, il fend la tête de l'animal.

« Vive Hannibal, s'écrient des milliers de soldats. Vive notre général ! »

Lebœuf se tourne vers Titus, dont le poignet est solidement attaché par une corde à celui de Virdomar.

« Tu comprends maintenant que jamais vous ne pourrez battre ce Carthaginois-là. »

Le vacarme des acclamations fait hennir les chevaux, s'envoler les corbeaux, barrir au loin les éléphants. Alors Titus se retourne et blêmit : Trifon a disparu.

---

1. Dieu phénicien puis carthaginois.

Sous la tente en peau de bête, Titus, les mains et les pieds ligotés, regarde Virdomar tourner en rond et répéter inlassablement :

« Pourquoi s'est-il enfui ? Que lui as-tu dit ? Que lui as-tu promis ? Je l'aimais tant ! Il était si courageux ! Il se souvenait de tout ! Il savait même lire et écrire ! Tout est ta faute. Il a voulu te ressembler en emportant tes habits, tes armes, ton cheval. Mais pourquoi donc ? N'était-il pas heureux avec moi ? »

Lebœuf apparaît sur le seuil de la tente et les yeux de Virdomar brillent d'espoir.

« As-tu trouvé Trifon ?

— Nulle part.

— Alors débarrasse-moi de ce maudit Romain qui a brisé ma vie. Emmène-le mourir de faim avec les prisonniers. »

Comme Lebœuf reste hésitant, il s'impatiente :

« Qu'est-ce que tu attends ? Tu ne comprends donc pas que sa vue me transperce le cœur, qu'il lui ressemble comme une goutte de lait à une autre goutte de lait et que...

— Trifon a parlé au blessé de la tente d'à côté, interrompt Lebœuf.

— Que lui a-t-il dit ?

— Que tu devais bien t'occuper de son frère. Qu'il reviendrait le chercher. »

Virdomar jette sur le soldat romain un regard où l'espoir se mêle à l'accablement.

« Tu resteras prisonnier sous cette tente jusqu'à ce que Trifon revienne », décide-t-il.

*
* *

Le lendemain Virdomar réveille Titus et dénoue les cordes qui attachent ses poignets et ses chevilles.

« Suis-moi », ordonne-t-il.

Tous deux traversent le camp où règne un étrange silence. Les mercenaires vont et viennent, le visage grave et soucieux, sans échanger un seul mot. Seuls les ânes et les chevaux continuent à mettre un peu de vie en brayant et hennissant.

Après une demi-heure de marche, les tentes s'éclaircissent. Lorsqu'ils atteignent le terrain vague, Titus discerne au loin une croix que les hommes élèvent difficilement. Elle penche souvent à droite ou à gauche, avant de se dresser fermement vers le ciel. Quelques centaines de pas plus loin, il s'arrête de stupeur. Sur la croix, un homme est cloué, les bras tendus, la tête retombant sur la poitrine.

« Le crucifiement ! Voilà le sort que les Carthaginois réservent à ceux qui les trahissent, explique Virdomar. Que cela te serve d'exemple. »

4

Les comploteurs

Titus, attaché pendant la nuit, surveillé pendant le jour, est de plus en plus malheureux : les jours passent sans aucun espoir de liberté. Est-il condamné à rester des mois, des années, prisonnier de ces Gaulois agités ? Ah ! qu'ils paraissent lointains les rêves de gloire du citoyen, utile à sa patrie, digne de sa famille. Là-bas, à Rome, tous doivent le croire mort. Mort sans qu'aucun tombeau rappelle sa mémoire aux voyageurs qui entrent et sortent de la Ville. Mort sans qu'aucun masque de cire rejoigne ceux des ancêtres dans l'atrium de Tusculum.

Pour lutter contre le désespoir, Titus apprend le celte en écoutant les Gaulois. Eux aussi s'ennuient pendant les quartiers d'hiver. Pour passer le temps ils jouent aux dés avec âpreté ou chantent. Titus écoute aussi les soldats qui déambulent dans le camp, parlant latin, phénicien et grec. Car c'est en grec que les chefs carthaginois discutent entre eux. Cornelia avait raison : le grec, cela peut toujours servir. Ils s'inquiètent, les chefs carthaginois, de l'énervement qui grandit dans le camp, des mercenaires qui se plaignent de leur longue inactivité et des difficultés de ravitaillement.

Tous ces mécontentements rendent à Titus un peu d'espoir.

*
* *

Un après-midi particulièrement froid, la porte de la tente s'entrouvre sur un air glacé et quatre Gaulois emmitouflés.

« Salut, Virdomar, dit l'un. Nous avons à te parler.

— Asseyez-vous. »

Les hommes s'installent sur des peaux de bêtes, se réchauffent les mains près du brasero, puis un Gaulois à la barbe blonde prend la parole.

« Ça ne peut plus durer !

— C'est devenu insupportable ! ajoute un autre.

— Nous ne tiendrons pas plus longtemps ! » commente un troisième.

Virdomar, perplexe, lisse sa moustache :

« Expliquez-vous davantage. »

Alors le Gaulois à la barbe blonde raconte avec colère :

« L'armée romaine et l'armée carthaginoise sont installées depuis des semaines sur nos terres. Et qui doit les nourrir ? Nous, les paysans gaulois. Qui doit, pour eux, vider son grenier et son étable ? Nous, les paysans gaulois. Qui menace-t-on de mort pour un sac de farine ? Toujours les paysans gaulois. Il faut absolument que les armées s'en aillent sinon nous mourrons de faim.

— Comment les faire partir ? » demande Virdomar.

Le Gaulois à la barbe blonde hoche la tête d'un air entendu.

« Réfléchis et dis-moi pourquoi il y a deux armées cet hiver en Gaule Cisalpine ?

— Parce qu'Hannibal a franchi les Alpes.

— Exactement. Donc pour que les armées décampent, il faut...

— Qu'Hannibal disparaisse, conclut Virdomar.

— Qu'il disparaisse, par Taranis ! s'exclame un Gaulois. Nous espérions qu'il nous aiderait à chasser les Romains, il nous ruine et nous affame. »

Le Gaulois à la barbe blonde explique :

« Trois de nos chefs ont déjà essayé de le tuer dans ce camp, mais ont échoué. Lebœuf nous a dit que toi, Virdomar, tu serais capable de réussir cet exploit.

— Je vais y songer », répond prudemment Virdomar.

Les quatre hommes se lèvent.

« C'est ton fils adoptif ! dit un Gaulois en regardant Titus. Il a bien grandi mais je le reconnais. Un beau et solide garçon. »

*
* *

Au milieu de la nuit, Titus se réveille en sursaut, brusquement inspiré par une idée prodigieuse. Voilà donc l'étonnant destin que lui choisit le dieu Mars, un destin digne de ses ancêtres, aussi mémorable que celui de son aïeul empêchant les Gaulois d'envahir le Capitole. Oui, lui, Titus Pomponius Capitolinus restera dans la mémoire des hommes comme le libérateur de la Gaule Cisalpine, comme le sauveur de sa patrie... comme l'assassin d'Hannibal.

Au matin Virdomar écoute, stupéfait et incrédule, cet audacieux projet.

« Tu veux le tuer ?

— Je veux tuer celui qui a juré à son père, Hamilcar Barca, de détruire Rome.

— Tu n'as aucun compagnon ici pour te protéger et te cacher. Que tu échoues ou que tu réussisses, tu finiras crucifié.

— Mourir pour sa patrie est une douce chose. »

Virdomar réfléchit un moment puis jette à Titus un regard méfiant.

« Je ne te crois pas. En vérité tu cherches l'occasion de t'enfuir.

— Douterais-tu de la parole d'un citoyen romain ? »

Virdomar doute en effet. Indigné, Titus déclare d'une voix forte :

« Je fais serment que je ne m'échapperai pas si tu me libères pour tuer Hannibal. Si je manque à ce serment, que le souverain Jupiter soit à tout jamais mon ennemi. »

Puis il ajoute :

« En apprenant mon exploit, Trifon reviendra. »

Alors Virdomar concède :

« Va, renseigne-toi. Je te donnerai des armes lorsque ton plan sera prêt. »

*
* *

Titus parcourt le vaste camp où traînent les mercenaires inoccupés. Des récriminations et des colères explosent brusquement et se calment tout aussi brusquement lorsque apparaît un chef carthaginois. Car ils sont très nombreux les officiers d'Hannibal à déambuler entre les tentes pour surveiller les hommes.

En début d'après-midi Titus trouve la tente du général, reconnaissable à ses riches décorations de pourpre. Elle est close et silencieuse. Pour ne pas éveiller de soupçon, Titus va et vient aux alentours sans jamais la quitter des yeux. Dès qu'un homme s'en approche, son cœur bondit dans sa poitrine. Dès qu'il s'en éloigne, la déception mine son courage.

La nuit tombe. Une légère brise apporte un air doux et printanier. Les feux s'éteignent petit à petit, plongeant le camp dans l'obscurité. Titus s'inquiète. Pourquoi personne n'entre-t-il ou ne sort-il de cette tente ? Hannibal, l'imprévisible Hannibal, a-t-il quitté secrètement le camp ? Est-il parti chercher des alliés en Italie ? Ou bien de l'argent et des soldats à Carthage ? Aurait-il abandonné son armée ?

Titus se redresse et se frappe le visage. Quelles extravagantes suppositions ! C'est l'énervement qui doit enflammer son cerveau et il ferait mieux de marcher un peu. Et il va saluer un hibou qui hulule. Soudain, une silhouette enveloppée d'un grand capuchon gaulois pénètre sous la tente. Titus s'affole : que fait un Gaulois dans la tente d'Hannibal ? Serait-ce un comploteur ? Un comploteur plus astucieux, plus audacieux que lui, qui va lui voler la gloire d'assassiner le général. Voilà ce qu'il aurait dû faire lui-même ! S'installer au cœur du danger, au cœur du succès. Il s'est conduit d'une manière si timorée, si paresseuse, si lamentable ! Que fera-t-il lorsque Hannibal reviendra ?

Mais Hannibal ne revient pas. Au plus noir de la nuit une silhouette bossue, dont Titus ne perçoit clairement que les longs cheveux roux, sort de la tente et s'enfonce dans l'ombre. Puis à nouveau le silence et les heures qui passent trop lentement.

Enfin les étoiles s'éteignent une à une et l'agitation reprend dans le camp. Un jeune Carthaginois s'étire dans l'air frais du matin et demande en grec à un officier :

« Marhabal, as-tu trouvé mon frère ?

— Non, Magon. Pourtant nous avons inspecté tout le camp.

— Pourquoi disparaît-il ainsi ?

— Il se méfie des Gaulois. En ce moment ils complotent sans arrêt contre lui.

— Alors pourquoi sont-ils venus lui apporter le soutien de leurs armes ?

— C'est un peuple de nature impulsive et changeante. Après avoir adoré Hannibal, ils le haïssent. À la prochaine victoire, au prochain pillage, ils l'adoreront à nouveau. »

Dans le cœur de Titus renaît l'espérance : le général est dans les environs, seul, sans protection, accessible, vulnérable. Il doit être le premier à le découvrir.

* * *

Pendant des jours il parcourt le camp en tous sens, constamment surpris, choqué, indigné par les bizarres coutumes de ces mercenaires venus du bout du monde. Leur langage, leur comportement lui rappellent sans cesse qu'il est un étranger arraché à sa ville, à sa famille, à ses frères d'armes. Son seul plaisir est de rencontrer les éléphants. Parqués de l'autre côté du camp, loin des Gaulois qui ne supportent pas leur odeur, ils ne sont plus que huit après les rigueurs de l'hiver. Ils ont effectivement un nez qui se tord comme un serpent, quatre pattes grosses comme des troncs d'arbres, et des oreilles qui ondulent comme des drapeaux. Mais dans leurs jolis petits yeux passe une immense détresse.

Un soir, après les avoir quittés, Titus entend marmonner des propos confus. C'est un soldat qui rêve, allongé par terre dans une longue robe tachée de boue, un jeune rouquin à la moustache, la barbe et les longs cheveux couleur carotte. En tendant l'oreille, Titus perçoit en langue grecque :

94

« Oui, père, je serai Barca[1], je serai la foudre. Rapide comme la foudre. »

Le soldat brusquement s'agite, et d'un geste mal-adroit décolle à moitié sa barbe.

Le cœur battant, Titus s'approche sur la pointe des pieds, se penche et reconnaît le nez légèrement retroussé, la ride entre les sourcils, la bouche ferme-ment dessinée. Les dieux soient loués, c'est bien Hannibal qui dort à ses pieds, Hannibal déguisé pour échapper aux comploteurs.

*
* *

Dans la tente de Virdomar, Lebœuf est de bonne humeur.

« Le temps se radoucit. Nous allons prochaine-ment lever le camp et partir en campagne. »

Un éclair de malice brille dans les yeux de Virdo-mar.

« Nous partirons si Hannibal est vivant.

— Pourquoi ne le serait-il pas ?

— Tu le sais bien. Les Gaulois veulent sa mort. »

Lebœuf fait un grand geste du bras pour chasser cette hypothèse.

« Maintenant c'est trop tard puisque nous allons pénétrer en Italie. J'espère par l'Étrurie. C'est

---

1. *Barca* veut dire « la foudre » en phénicien.

95

qu'elle est riche, l'Étrurie. Alors à nous la bonne nourriture, les chevaux, les deniers d'argent ! »

Virdomar reste muet et décontenancé. Lebœuf s'apprête à sortir, lorsque Titus entre en trombe.

« Je l'ai trouvé.

— Trouvé qui ? demande Lebœuf.

— Hannibal. Il dort près des éléphants, avec une barbe et une perruque rousses.

— Ah ! bon ! fait Lebœuf en sortant d'un air faussement indifférent. Salut.

— Virdomar, donne-moi une épée comme tu me l'as promis !

— Maintenant c'est trop tard. Les Gaulois veulent profiter de l'Étrurie. Lebœuf, qui t'a entendu, se doute de quelque chose. Il va te suivre ou te dénoncer.

— Je veux une épée, répète Titus.

— C'est trop dangereux. »

Titus, exaspéré, se jette sur le chef gaulois, lui donne un coup de poing à la mâchoire et s'empare de son épée.

À nouveau il retraverse le camp en s'efforçant de marcher d'un pas tranquille, mais son cœur bat à tout rompre. Il croit que tous les mercenaires le regardent d'un air méfiant, il craint qu'Hannibal ne se soit déjà réveillé, il trouve le trajet interminable. Enfin il sent l'odeur des éléphants. Le moment est proche. Dans quelques instants il aura accompli le geste qui sauvera Rome. Et il se met à marcher en sifflotant d'un air faussement distrait, lorsqu'il entend une voix forte crier en grec :

« Un Gaulois cherche à tuer Hannibal qui dort près des éléphants. Surveillez les environs. »

Titus est saisi de vertige. Il entend la phrase se répéter d'écho en écho dans toutes les directions sans songer à bouger. Une lourde main se pose sur son épaule.

« File en vitesse ! ordonne Lebœuf.

— C'est toi qui as dénoncé... »

Lebœuf explose de colère :

« Tu te conduis comme un dément et nous fais risquer à tous le crucifiement ! Le temps des complots est terminé ! Va prévenir Virdomar que le général Hannibal se porte bien. »

Puis il murmure :

« Il faudra bientôt se débarrasser de ce Romain exalté. »

*
* *

Il fait beau. Il fait doux. Le retour du printemps réchauffe les cœurs et chasse les mauvais souvenirs de l'hiver. L'allégresse règne : l'armée part en campagne. Que de butins en perspective !

Titus regarde s'ébranler l'impressionnante armée qui veut attaquer sa patrie. Ils sont plus de quarante mille soldats : cavaliers berbères qui montent à cru leurs chevaux rapides, cavaliers carthaginois, frondeurs baléares, Libyens, Espagnols, Gaulois, Nubiens. Se succèdent les lourdes enseignes gauloises surmontées d'un animal, les enseignes puniques où flottent des rubans autour d'images divines, et dominant les colonnes de mercenaires, des tourelles pleines d'archers et de frondeurs juchées sur le dos des éléphants.

Que doit-il faire ? Tenter de s'enfuir, malgré la cavalerie qu'Hannibal a placée juste derrière les Gaulois pour les empêcher de s'évader et de trahir ? Patienter encore et guetter l'occasion de servir utilement le Sénat et le Peuple romain ? Attendre l'Étrurie ? Ah ! que la volonté des dieux est difficile à connaître sans les augures et les sacrifices !

Quelques jours plus tard, la longue armée commence l'ascension de la chaîne des Apennins. Les premiers signes du printemps ont été de courte durée, le froid et la bruine ralentissent la montée. Un matin, alors que se profile la ligne de crête, le vent se met à souffler. Des nuages noirs comme du bois brûlé couvrent le ciel et une pluie serrée s'abat avec une telle violence que l'avant-garde est contrainte de s'arrêter.

Progressivement les colonnes de soldats et d'animaux s'immobilisent. Chacun attend la décision du général.

« En marche ! » annoncent les hérauts.

L'ascension recommence, lente et pénible. Soudain un ouragan éclate avec fracas. Les vents se bousculent en tourbillons, la pluie redouble de rage. Paniqués, les hommes se recroquevillent sur le sol, les ânes dévalent avec leurs chargements, les chevaux, avec de grandes ruades, piétinent hommes et bagages.

Titus tente de retenir sa monture qui patine sur la terre détrempée. Mais celle-ci s'affole, se cabre, et glisse. Alors Titus enlace le cou du cheval pour le contraindre à rester étendu et tous deux restent blottis l'un contre l'autre.

Au-dessus de leurs têtes la tourmente fait rage. Le tonnerre gronde, s'approche, et dans un bruit assourdissant la foudre illumine le ciel. Les éclairs et le vacarme rendent les éléphants fous. Deux se précipitent vers la vallée, basculent dans la pente, fracassent leurs tourelles contre les rochers tandis que résonnent les cris affreux des frondeurs et des archers. Titus voit les deux malheureuses bêtes tournoyer dans le vide, en agitant inutilement leur long nez, puis disparaître.

Un troisième éléphant, barrissant et courant comme un fou furieux, écrase les bagages, renverse les bêtes, piétine les hommes. Pour l'arrêter, dix cornacs le poursuivent avec de grands maillets, mais l'animal accélère sa course vertigineuse. D'autres cornacs se ruent pour lui barrer le passage et le frappent si violemment aux pattes que la bête, vaincue par la douleur, s'écroule. Un cornac introduit alors un coin en fer dans le cou de l'animal et l'enfonce d'un puissant coup de maillet. L'éléphant meurt dans des barrissements épouvantables.

Les trompettes sonnent et les hérauts crient dans la tourmente :

« Plantez les enseignes ! Installez le camp ! »

Les soldats se relèvent pour déplier les tentes. Celles-ci claquent dans le vent et sont emportées par les rafales comme de grands oiseaux sombres. La tente de Virdomar atterrit sur les yeux d'un éléphant qu'elle aveugle. Celui-ci se débat, l'arrache, déboule près de Virdomar qu'il saisit avec sa trompe et emporte dans la tempête. Plus loin, il lâche son fardeau près d'une petite plate-forme et s'enfuit. Sur le point de tomber, Virdomar s'agrippe à une petite prise rocheuse.

« Au secours ! » crie-t-il.

Les Gaulois regardent la silhouette suspendue dans le vide.

« Pauvre vieux, déclare Lebœuf assis dans la boue, il ne verra pas l'Étrurie ! »

La pluie se transforme en grêlons qui piquent le visage comme des aiguilles.

« Au secours, Trifon ! » hurle Virdomar.

Au nom de son frère, Titus, sans réfléchir, sans

comprendre pourquoi, se précipite vers la plate-forme. Avec sang-froid, il cale ses pieds sur des affleurements de rochers et attrape les mains glacées de Virdomar. L'homme est lourd et si tremblotant qu'il est incapable du moindre effort.

« Heureusement que j'ai le vent contre moi, songe Titus. Sinon, je serais emporté comme un fétu de paille. »

Lentement il tire Virdomar sur la plate-forme.

« Allonge-toi, dit-il. Nous attendrons ici la fin de la tempête. »

Virdomar obéit. Ses dents claquent, ses yeux pleurent, tout son corps est secoué de spasmes. Avec peine il balbutie :

« Trifon aurait agi comme toi. Sois comme mon fils, maintenant. »

5

Prodiges

Les oiseaux que ramène le printemps pépient gaiement sur les collines de Rome, lorsque, à la première heure du jour, le sénateur Capitolinus se rend au marché avec son intendant.

« Ne marche pas si vite, s'indigne le sénateur, tu fatigues le bœuf. Il doit avoir l'air vigoureux pour que je le vende avec profit.

— Il est si vieux ! J'aurais préféré le garder à la ferme.

— Voilà bien une remarque d'affranchi ! Pourquoi le nourrirais-je s'il ne sert plus à rien ? »

Au marché aux bœufs, près des remparts qui longent le Tibre, les ventes ont déjà commencé.

Bœufs, vaches, moutons, chèvres, beuglant et bêlant, changent de propriétaires après d'âpres discussions. Le sénateur s'avance vers un groupe de paysans :

« Mes amis, salut. Je vous amène une bête, bien nourrie, bien soignée, bien traitée. Jugez vous-mêmes. »

Un paysan commence à flatter l'animal, lorsque le bœuf tire sur sa longe et s'enfuit à travers le marché. Arrivé près d'un immeuble[1], il se précipite sur l'escalier extérieur qu'il gravit par petits bonds, malgré sa corpulence. Marchands et acheteurs, interrompant leur commerce, commentent à grands cris l'étrange fuite de la bête.

« Arrêtez-le ! conseillent les uns.

— N'y touchez pas ! » recommandent les autres.

Le bœuf continue son irrésistible ascension sous les exclamations de la foule. Le tapage réveille les locataires qui apparaissent aux balcons ou aux fenêtres sans vitrage et s'empressent d'ajouter leurs vociférations à celles des marchands. Arrivé au troisième et dernier étage de l'immeuble, le bœuf, effrayé par les visages aux fenêtres, étourdi par les clameurs, prend peur, baisse la tête, aperçoit le vide sous ses pieds, pousse un beuglement de détresse et s'écrase sur la place.

---

1. *Insula*, en latin.

« Prodige ! Prodige ! murmure-t-on de tous côtés, en défilant devant le corps inerte.

— Encore un nouveau prodige ! marmonne le manchot au sénateur. Hier, sur la voie Appia, c'était les statues des loups du dieu Mars qui ont saigné. Aujourd'hui, ton bœuf se suicide. »

Le visage énergique de Capitolinus exprime une profonde détresse.

« Je ne comprends plus les dieux, Tubéron. Ils m'ont enlevé mon petit-fils, sans qu'on sache ni où ni comment. Maintenant ils rendent mes bêtes folles. »

À ce moment-là explose un énorme rire. Scandalisé, chacun épie ses voisins pour trouver l'auteur d'une telle impertinence envers l'animal mort et son propriétaire. En vain. Le rire éclate à nouveau, encore plus moqueur et insolent.

« C'est Hercule », s'écrie soudain un jeune garçon.

En effet, devant son temple, la grande statue d'Hercule s'agite en soubresauts joyeux. Un silence épouvanté tombe sur la place du marché.

*
* *

La nuit descend lentement sur le Tibre. Assis sur le seuil de sa cabane, le manchot tremble encore des prodiges de la matinée. Il songe à l'étrangeté des

106

dieux, à leur incompréhensible acharnement contre Rome. Pourquoi ont-ils permis deux défaites devant Hannibal ? Pourquoi multiplient-ils les prodiges ? Fatigué de réfléchir, Tubéron se laisse bercer par le murmure du vent dans les roseaux et le frémissement des peupliers lorsqu'il entend le mélodieux chant d'un oiseau.

« Le rossignol est de retour ! » se dit-il avec un petit sourire de bonheur.

À nouveau le chant s'élève sur l'autre rive où apparaît une silhouette que Tubéron reconnaît immédiatement.

« Voilà le fantôme du petit-fils de Capitolinus ! »

Et agitant son bras valide, il implore :

« Par tous les dieux, grands et petits, va-t'en, éloigne-toi du monde des vivants. »

Et tout en marmonnant : « Ce n'est pourtant pas le jour où les morts reviennent », il entre dans sa cabane pour prendre des graines de fèves et sort les jeter au bord du fleuve.

Cependant le fantôme de Titus s'approche de l'éclat argenté du Tibre. Le manchot perçoit distinctement sa cotte de mailles, son casque en bandoulière et les armes des cavaliers légionnaires.

« Je vois que tu as été tué les armes à la main, crie-t-il. Je le dirai à ton grand-père. Cela lui fera plaisir. Mais retourne vite sous la terre. »

Et à voix basse, il ajoute :

« Si ma cabane est visitée par les revenants, je vais devoir déménager. »

Le revenant se met à parler :

« Je dois traverser le fleuve. Peux-tu venir me chercher avec une barque ? »

Le manchot sent son courage l'abandonner.

« Dépêche-toi, insiste le fantôme. Sinon je traverse à la nage et je t'assomme. »

Le manchot monte dans une embarcation en priant les dieux grands et petits, et godille d'une main jusqu'à l'autre rive. Trifon saute à côté de lui et s'empare de la rame :

« Merci, vieillard. Je vais te ramener chez toi.

— N'es-tu pas le fantôme du jeune Capitolinus ? demande timidement Tubéron.

— Tu as devant toi le plus vivant de tous les fantômes », répond Trifon en donnant une familière bourrade au vétéran.

Les deux hommes accostent. Trifon accroche la barque et montre du doigt les remparts :

« Est-ce bien Rome, ici ? »

Le manchot est abasourdi par la question.

« Tes paroles me font sauter la cervelle. Soit tu es Titus Pomponius Capitolinus et tu as perdu ton bon sens, soit...

— Je suis Trifon, son frère jumeau, venu rencontrer mon père Caius Pomponius Capitolinus et ma mère. Dis-moi où ils se trouvent.

« — À cette heure de la nuit tu veux leur apparaître ? C'est pure folie. Attends au moins le jour. D'ici là, crois-moi, fais vite un trou pour cacher ton armure et tes armes. Je te prêterai une vieille tunique. Car soit tu es Titus et tu es déserteur, soit...

— Bonhomme, je t'obéirai, interrompt Trifon. Tu me parais de bon conseil. Parleras-tu à mes parents ?

— Je les préviendrai. Mais change-toi vite. Je te cacherai dans un endroit tranquille dès que les portes de la Ville s'ouvriront. »

*
* *

L'endroit est tranquille en effet. Sur la colline de l'Esquilin, Trifon n'est entouré que de crânes, de squelettes, de fragments d'os, éparpillés parmi les mauvaises herbes qui poussent follement au printemps. De-ci, de-là, sur des fosses mal recouvertes, émergent des ossements à peine desséchés. Autour, errent des chiens affamés qui grattent le sol pour trouver quelque nourriture. Trifon leur jette des cailloux et les chiens s'éloignent en gémissant.

Lorsque le soleil se lève, Trifon examine les alentours. La sinistre colline est à l'intérieur des remparts, entourée de collines plus verdoyantes, couvertes de chênes vigoureux sur sa gauche, d'osiers délicats sur sa droite. Des temples colorés se dressent au milieu des frondaisons. Le fronton du plus élevé est surmonté d'un quadrige rouge. En bas, des ruelles étroites et tortueuses débouchent sur des places animées. Où se trouve sa famille dans cette foule ? Où se trouve sa maison dans cette immense ville ?

Vers midi, le manchot, un panier au bras, grimpe lentement la colline.

« Tu dois avoir faim. Je t'ai apporté du pain, du fromage et de l'eau.

— As-tu vu mes parents ? Leur as-tu parlé de moi ? demande Trifon.

— Ah non ! fait le manchot d'un air gêné. Je n'ai pu les rencontrer.

— Et pourquoi donc ?

— Ton père vient d'être élu préteur et siège toute la journée au tribunal.

— Et ma mère ?

— Ta mère habite à treize miles d'ici. »

Le manchot est embarrassé. Trifon s'en aperçoit.

« Vieillard, que crains-tu ?

— Ton histoire me donne mal à la tête, bafouille le vieil homme. Un fils disparaît, un autre arrive, exactement pareil au premier. Il débarque chez moi, juste après les prodiges du marché aux bœufs. Vois-tu, en ce moment tous les esprits sont agités dans la

Ville. On attend la réponse des livres Sibyllins[1], les décisions des nouveaux consuls, des messages de l'armée...

— Qu'est-ce que tu me chantes ? Je veux simplement voir mon père et ma mère.

— Une poule s'est transformée en coq, ajoute le manchot les larmes aux yeux. Quand je luttais contre Carthage et criais "à l'abordage..."

— Laisse tomber, bonhomme, dit Trifon avec un sourire compatissant. Je me débrouillerai seul. Tu pourras dormir tranquillement sur tes deux oreilles. Allez, va. »

Le manchot s'empresse de dévaler la lugubre colline.

*
* *

Au début de l'après-midi, Trifon, à son tour, descend de l'Esquilin vers le quartier populeux de Suburre. Tout le monde est dans la rue pour profiter du soleil. Les femmes, assises devant leurs maisons, allaitent leurs bébés, préparent des légumes ; les enfants courent derrière leurs balles ou leurs cerceaux ; les hommes, installés par terre ou autour de guéridons, jouent au jeu de l'oie et bavardent. Tri-

---

1. Les livres Sibyllins furent donnés, dit-on, à Tarquin l'Ancien par la Sibylle de Cumes. Ils étaient étudiés par les décemvirs et permettaient de connaître les désirs des dieux.

fon déambule dans la foule, curieux de tout et de tous. Il juge les Romaines moins belles, moins élégantes que les Gauloises et beaucoup plus bavardes.

En débouchant sur le Forum, il entend une voix joyeuse :

« Hé ! Titus, que fais-tu ici ? »

Trifon découvre une mignonne et rondelette jeune fille.

« Je viens voir mon père et ma mère. »

La jeune fille ouvre de grands yeux :

« Tu quittes l'armée pour voir ton père et ta mère ! Ma parole, tu as la tête fendue.

— Tu te trompes, je me porte très bien au contraire. Serais-tu une de mes sœurs ?

— Vénus, quel malheur, le pauvre est devenu dément ! »

Puis d'une voix exagérément calme et lente elle ajoute :

« Je suis Mirabella. C'est moi qui ai soigné ta cheville ! T'en souviens-tu ? »

Trifon éclate de rire.

« Je n'ai jamais eu mal à la cheville. »

Mirabella se frotte le front de perplexité.

« Aujourd'hui, c'est l'esprit que je vais te soigner avec quelques graines d'ellébore. Suis-moi en regardant bien tes pieds. Mieux vaut, pour le moment, que personne ne te reconnaisse.

— Pourquoi t'obéirais-je ?

— Tu vois cet escalier au pied du Capitole, on l'appelle l'escalier des Gémonies[1]...

— Et alors...

— Alors il se pourrait que ton cadavre soit exposé là avant d'être traîné dans le Tibre.

— Crois-tu m'épouvanter par tes propos furieux ? »

Mirabella lui prend doucement la main.

« Du calme ! Aie confiance en moi. Mais tu dois m'expliquer pourquoi tu te trouves ici. »

*
* *

Dans sa minuscule chambre au troisième étage d'un immeuble près de la porte Trigemina, Mirabella questionne et écoute Trifon.

« Voilà une affaire bien embrouillée, finit-elle par conclure. Finalement tu as abandonné ton frère Titus.

— Pas abandonné. Je l'ai confié à Virdomar. Il ne peut rien lui arriver de fâcheux.

— Virdomar est gaulois.

— Certes.

— Comment faire confiance à un Gaulois ? »

Trifon se fâche :

« Laisse-moi partir. Depuis un temps considé-

_____
1. Escalier des gémissements (*gaemoniae*).

113

rable tu me chagrines, tu m'accuses, tu me mets dans l'embarras, et j'en ai assez. Je n'ai rien fait de mal.

— Ne t'irrite pas si facilement ! Je veux t'aider. J'aimais bien ton frère et je t'aime bien aussi.

— Étrange manière d'aimer que de faire mille reproches. Aurais-tu préféré que je coupe la tête de Titus pour la jeter aux pieds d'Hannibal ? Par Taranis, les Romains sont tortueux comme un sentier des Gaules.

— Tu dois comprendre qu'ils craignent les Gaulois et les Carthaginois.

— Je ne savais pas qu'ils étaient si peureux, répond Trifon, d'un ton compréhensif et indulgent. Enfin, ce que je veux, c'est...

— Connaître ton père et ta mère. J'ai compris. Ne me prends pas pour une sotte. »

Puis, après un moment de réflexion, elle ajoute : « Demain, je te le promets, tu verras Cornelia.

— Comment ?

— De loin. Et toi, promets d'être sage. »

*
* *

Le lendemain matin, sur la colline de l'Aventin, des centaines de femmes, riches ou pauvres, portant un long manteau de laine blanche ou de vieux manteaux couleur de bure, montent vers le temple de

Junon Reine. À bonne distance, Titus et Mirabella se faufilent derrière les arbres pour suivre le cortège.

Sur le podium, en haut des marches du temple, la statue de Junon est assise sur une chaise. Devant elle, sont posés de nombreux guéridons. Un pontife[1] vient jeter des grains d'encens dans une cupule de bronze. Puis, l'une après l'autre, les femmes s'avancent pour déposer du vin, des fruits, des gâteaux, des légumes devant la statue.

« Qu'est-ce qu'elles font ? demande Trifon.

— Elles offrent un repas à la déesse.

— Pourquoi ?

— Les dieux ont fait savoir qu'ils exigeaient, pour arrêter les prodiges, un sellisterne[2] pour Junon, des lectisternes pour Hercule et Saturne.

— Parce que les dieux parlent aux Romains ?

— Oui. Grâce aux livres Sibyllins. Regarde ! Voilà Cornelia ! Elle est en train de déposer son offrande. »

Trifon découvre une grande femme corpulente, couverte de bijoux, à la figure bienveillante. Son cœur saute dans sa poitrine.

« Elle a l'air si gentil. Comment a-t-elle pu

---

1. Les pontifes sont chargés d'assister le peuple quand il accomplit ses devoirs envers les dieux.
2. Les lectisternes sont réservés aux dieux, les sellisternes aux déesses. Les dieux (leurs statues) sont invités à prendre un repas sacrificiel, soit sur des lits de parade, soit sur des chaises de parade.

m'abandonner ? Crois-tu qu'elle sera heureuse de me revoir ? »

Et sans attendre de réponse, il court vers le cortège des suppliantes.

« Ne fais pas l'imbécile ! » crie Mirabella.

Cornelia, en descendant la colline, s'arrête et dévisage longuement le jeune homme.

« Tu n'es pas Titus, finit-elle par murmurer.

— Non, madame, madame ma mère, mais pourquoi m'avez-vous abandonné ? Pourquoi... »

Cornelia l'interrompt brutalement :

« L'as-tu tué ? As-tu étouffé ton frère dans un long et funeste combat ?

— Nous avons lutté longtemps en effet, comme deux serpents furieux, mais il est vivant. »

Cornelia ferme les yeux de soulagement et prend les mains de Trifon :

« Sois béni, mon enfant, pour avoir épargné ton frère et chassé la malédiction. Les dieux parfois sont si cruels. Vois-tu, s'il arrivait malheur à mon fils, ma vie serait brisée par le chagrin. Parle ! Dis-moi où il se trouve. Et toi, d'où viens-tu ? Comment es-tu vivant ? Que fais-tu ici ? Que veux-tu ? Mais pourquoi ne dis-tu rien ?

— Tu parles tout le temps, avoue Trifon, stupéfait par un tel déluge de paroles.

— Où est Titus ?

— Avec les Gaulois. Il ne craint rien. »

Cornelia, rassurée, sourit.

« Dire que tu es vivant ! Que les dieux en soient loués ! J'ai été si malheureuse lorsqu'on t'a déposé sur le mont Vatican. Crois-moi. »

Puis, changeant brusquement de conversation :

« Mais pourquoi Titus est-il avec les Gaulois et non dans la cavalerie de sa légion ?

— Il est avec les Gaulois dans l'armée d'Hannibal.

— Veux-tu dire que Titus Pomponius Capitolinus se bat avec l'ennemi de Rome ?

— Personne ne s'est battu, c'était l'hiver.

— Un instant, mon enfant, dit Cornelia d'une voix sourde. Je défaille. Aide-moi à m'asseoir. La tête me tourne. »

Cornelia s'assied maladroitement dans l'herbe et balbutie :

« Mon fils se bat avec l'ennemi de Rome ! Vivre jusqu'à ce jour pour connaître une pareille honte ! Tu aurais mieux fait de le tuer, car ni les dieux, ni les hommes ne lui viendront en aide après cette trahison... D'ailleurs, tout est ta faute !

— Qu'ai-je fait de mal ?

— Par un pouvoir odieux tu l'as arraché à sa patrie, tu l'as poussé à profaner ses dieux, à trahir la République, et tu oses me demander ce que tu as fait de mal ! Va-t'en ! Va-t'en ! Que je ne te revoie jamais ! Et que personne ne connaisse l'abominable secret que tu m'as dévoilé. »

Trifon, abasourdi, recule et court rejoindre Mirabella.

« Ma mère me hait. Ma mère ne veut plus jamais me revoir ! J'espérais... j'espérais tant de joie !

— Mais que lui as-tu dit ?

— Que mon frère est avec Virdomar. Elle dit que c'est pire que la mort. Que tout est ma faute.

— C'était prévisible. Nous irons ce soir en parler à Dromon.

— Inutile. J'ai entendu assez de reproches. Ce soir, je remets mes habits de soldat romain, je trouve un cheval et je m'en vais en Gaule. »

*
* *

« Admirable stupidité de la femme ! s'exclame Dromon en courant derrière Trifon. Tu sauves la vie de son fils et elle t'injurie. J'en ferai une pièce pour les prochains jeux. Tu assisteras à un spectacle magnifique ! »

Trifon, à cheval, se retourne vers l'esclave essoufflé qui le suit à grand-peine, une lanterne à la main.

« Je ne resterai pas ici un jour de plus. Les Romains me fendent la tête. Hannibal a bien raison de les détester.

— Calme-toi et renonce à ton départ ! » insiste Dromon.

Trifon, impassible, continue à trotter le long du Tibre. Les premières étoiles apparaissent dans le ciel et les gardes, sur les remparts, allument les flambeaux.

« Sais-tu, au moins, pourquoi tu t'enfuis ?

— Tu le demandes ? Je viens à Rome le cœur rempli d'amour et on ne songe qu'à m'insulter. Demain, on voudra m'égorger. »

Trifon accélère l'allure. Dromon halète comme un soufflet de forge.

« Arrête-toi, je n'en puis plus. *Eïs korakas ton paîda, ton boulomenon thaneîn emè*[1]. »

Amusé par la sonorité de la phrase, Trifon répète :

« *Eïs korakas ton paîda, ton boulomenon thaneîn emè.*

— Mémoire, mémoire prodigieuse ! Reste, je t'apprendrai le grec. »

Trifon se retourne à nouveau :

« Apprendre le grec ne me plaît pas. Je ne veux plus rien écouter ici. »

Brusquement son cheval se cabre. Face à lui, dans l'obscurité, un autre cheval hennit et un cavalier tombe dans la poussière. Dromon se précipite et éclaire l'inconnu de sa lanterne.

---

1. Qu'il aille aux corbeaux, ce garçon qui me fera mourir.

« Le consul », murmure-t-il.

Le consul se relève, furieux contre Trifon.

« Ne peux-tu faire attention ! Où as-tu appris à monter à cheval !

— Toi aussi, tu m'insultes ? » déclare Trifon en sortant son épée.

Le consul l'examine avec colère.

« Tu as bu, certainement, pour me parler avec cette impudence.

— Excuse son audace, dit Dromon humblement. Il n'a pas reconnu ton auguste visage dans cette obscurité. La jeunesse s'enflamme vite et...

— Pousse-toi et laisse-moi passer. Mes légions m'attendent. »

Et il fouette son cheval dont les sabots résonnent sur le pont de bois.

« Dieux immortels, s'exclame Dromon, pardonnez à mes yeux ce qu'ils viennent de voir ! Le nouveau consul, Flaminius, quitte Rome en cachette, sans son manteau de général, sans licteurs, sans enseigne !

— Il parle surtout avec trop d'arrogance ! commente Trifon. Je vais le rattraper. »

Dromon saisit la bride du cheval.

« Surtout n'en fais rien. Flaminius est parti sans pénétrer dans le temple de Jupiter Très bon et Très grand. Sur sa route, la foudre tombera, ou bien la grêle, à moins qu'une meute de loups ne se précipite sur lui.

— En es-tu certain ?

— Oui. Jupiter ne supportera pas une telle offense sans se venger.

— Alors je ne partirai que demain », concède Trifon.

*

* *

Le lendemain, sur la sinistre colline de l'Esquilin, Trifon hésite encore à partir. Son humeur est aussi changeante qu'un ciel de printemps. Parfois, ulcéré par l'accueil de Cornelia, il veut quitter Rome pour toujours. Parfois, rempli d'un fol espoir, il veut se rendre à Tusculum pour connaître toute sa famille. Jamais la vie ne lui a paru si compliquée.

Au milieu de la matinée, la boulotte silhouette de Mirabella apparaît entourée de chiens errants.

« Trifon, salut ! dit-elle en sortant de son panier du pain, du fromage et une cruche d'eau. Je t'apporte une bonne nouvelle. Je viens de rencontrer ta mère au marché. Elle se désole de ses méchantes paroles. C'est la surprise qui lui a troublé le cœur et brouillé la cervelle. Elle veut te parler pour que tu sauves Titus. Elle te supplie de venir la voir. »

Trifon prend l'air bougon.

« Je te l'ai déjà dit, les Romains me fendent la tête et je prendrai la route qui me plaira. Je ne suis pas un chien qu'un jour on repousse, qu'un autre on réclame. »

Mirabella insiste.

« Elle était tout en larmes. Chasse cette colère qui t'obscurcit l'esprit et reconnais que tu as, toi aussi, le désir de revoir Cornelia. »

Trifon, d'un air faussement indifférent, jette des cailloux aux chiens errants. Mirabella s'impatiente.

« Je te parle. Réponds-moi.

— Je t'entends. Et je te répète que les Romains me fendent la tête. »

Mirabella s'assied sur une grosse pierre et change de ton.

« Mon petit Trifon, c'est moi qui ai soigné ton frère pour qu'il puisse partir pour l'armée. Et quand je te vois, exactement pareil à lui, j'ai le cœur tourneboulé d'émotion.

— Où veux-tu en venir ? demande Trifon en laissant tomber ses cailloux.

— Deux frères, tout semblables comme vous, ne devraient pas être séparés. Vous êtes comme Castor et Pollux.

— Qui sont Castor et Pollux ?

— Des jumeaux, fils de Jupiter. Jamais ils ne se sont quittés. Ils ont préféré partager ensemble la vie et la mort. »

Après un silence, elle ajoute :

« Ce n'est pas comme toi, qui as abandonné ton frère.

— Qu'est-ce que tu racontes ! Je ne veux pas abandonner mon frère. J'ai prévenu Virdomar que je reviendrai le chercher.

— Alors, va le dire à Cornelia. Tu lui rendras l'espoir. La pauvre femme, si tu la voyais avec ses yeux rouges, tu serais bouleversé.

— Dis-moi où se trouve Tusculum.

— Tu prends la porte Capène, juste là, en face, près de l'aqueduc. Puis sur la voie Appia, tu prendras à gauche la voie Latina. Elle te conduira à la ferme de la famille Capitolina. Tu iras ?

— J'irai... si j'en ai envie », répond-il avec fierté.

Mais dès que Mirabella s'est éloignée, il pousse un cri de joie et dévale la colline vers la porte Capène.

*
* *

La campagne est belle autour de Tusculum ! Feuilles argentées des oliviers, feuilles vert tendre des arbres fruitiers, fleurs des champs, jaunes, bleues, roses, se faufilent le long des chemins ou s'égaillent dans les prairies. Partout, ruisseaux et oiseaux mêlent leurs murmures pour chanter le retour des beaux jours.

Au village, Trifon arrête un paysan :

« Où se trouve la maison du sénateur Capitolinus ? »

L'homme, croyant voir Titus, ouvre des yeux soupçonneux :

« Ta maison ? Tu demandes où se trouve ta maison ?

— Je te le demande, en effet.

— Après le troisième tournant, tu verras un portail ouvert et des esclaves qui nettoient l'étable. »

Puis il s'enfuit en courant prévenir les habitants de la ferme.

Lorsque Trifon entre dans la cour, les quatre petites sœurs l'attendent déjà.

« Tu as les mêmes yeux, dit l'une.

— Le même nez, ajoute l'autre.

— La même bouche, remarque la troisième.

— Le même cœur ! constate la quatrième.

— Alors je suis bien votre frère », déclare Trifon en sautant de cheval.

Et il les embrasse chacune sur les deux joues. La plus jeune le conduit par la main dans le corridor.

« Maman t'attend. »

Dans la grande chambre à coucher, Cornelia, les yeux rougis, pose son écheveau de laine.

« Mon fils, tu es venu ! Junon soit louée ! J'avais si peur de t'avoir blessé ! Assieds-toi sur ce tabouret.

— Madame ma mère, salut.

124

— Je suis tellement émue. Tu lui ressembles tant. Dis-moi... »

La porte du corridor grince et Capitolinus traverse à grands pas l'atrium.

« J'apprends qu'un Gaulois est dans ma maison ! s'exclame-t-il. Dans la maison de notre ancêtre qui les a chassés du Capitole ! Femme, regarde ici le visage de cire qui tremble de colère ! »

Et le sénateur, qui montre du doigt le mur où sont accrochés les masques des morts, désigne celui de son plus ancien ancêtre.

« Il sait où se trouve Titus, explique Cornelia. Il pourra le délivrer.

— Que peut-on attendre d'un garçon qui a grandi en Gaule et à qui on a appris à ne point respecter sa parole et à se révolter après s'être soumis ! Mieux vaut mettre les pieds dans le fumier que sa confiance en un Gaulois.

— Il est aussi mon enfant !

— Les dieux l'ont refusé ! »

Et se tournant vers l'intendant, Capitolinus ajoute :

« Qu'on l'attache cette nuit aux anneaux de fer du corridor.

— Mon mari ne sera pas de ton avis, déclare fièrement Cornelia.

— Ton mari est d'abord mon fils et obéira à son père.

— Quel sort lui réserves-tu ? s'inquiète Cornelia.

— La nuit et les dieux me porteront conseil. »

*
* *

Dans le corridor, Trifon tire furieusement sur les anneaux de fer. Quelle humiliation d'être attaché comme un esclave ! Quelle honte d'être prisonnier sans avoir combattu ! Quel aveuglement d'avoir cru au bon accueil de sa famille ! Il s'est montré si crédule, si stupidement confiant. Son destin, écartelé entre la Gaule et Rome, lui paraît maintenant absurde et sans avenir. Pourquoi, pour son malheur, a-t-il rencontré Titus et connu sa naissance ? Ne sachant plus qu'espérer ni tenter, Trifon sent s'évanouir son habituel courage.

« Cette abominable sensation, est-elle la peur ? » se demande-t-il avec horreur.

Soudain, il tend l'oreille. Un pas léger comme celui d'un lapin marche dans l'atrium. Puis la faible lueur d'une lampe à huile apparaît au fond du corridor où s'avance Pomponia, blanche comme un masque de cire.

« Qui es-tu ? murmure-t-il.

— Ta sœur Pomponia. Quel est ton nom ?

— Trifon.

— Alors je viens te délivrer.

— Pourquoi ?

126

— J'ai fait un rêve... Un héron s'envolait dans le ciel et Titus s'accrochait désespérément à ses pattes. Il était épuisé. Il allait tomber. Il criait : "Trifon, Trifon, aide-moi." »

Trifon n'ose croire à son bonheur :

« Si tu me délivres, ne crains-tu pas la fureur de ton grand-père ?

— Je n'agis pas de mon plein gré. Ce sont les dieux qui l'exigent et ils me protégeront s'ils le désirent. Promets-moi de retourner chez Hannibal et d'aider Titus à s'évader.

— Je te le promets. »

Pomponia libère promptement les mains du prisonnier.

« Passe par le sud. On te cherchera au nord. Fais vite. Adieu. »

6

La souricière

Dans l'armée d'Hannibal, la traversée des Apennins n'est plus qu'un mauvais souvenir et les mercenaires marchent gaiement à la rencontre de leurs ennemis. Titus seul est lugubre. Il ne supporte plus d'être attaché pendant la nuit, ni d'entendre ses compagnons se réjouir des malheurs de Rome. Ce jour-là, Lebœuf rit à s'en tenir les côtes.

« Leur nouveau général, un certain Flaminius, lorsqu'il a rejoint ses deux légions[1], a fait un sacrifice aux dieux. Et alors... »

---

1. Pendant une guerre, le consul prend la tête de deux légions dont il devient le général.
Le deuxième consul, s'il est lui aussi parti combattre, dirige deux autres légions.

Lebœuf est repris de fou rire :

« Alors, le taureau s'est enfui, la tête à moitiée coupée, giclant le sang de tous côtés.

— Voilà un événement bien extraordinaire, acquiesce un Gaulois.

— Il paraît que ce Flaminius a quitté Rome sans entrer dans le temple de Jupiter. Les dieux se sont vengés de cet outrage.

— Mais par où passons-nous ? s'étonne Virdomar. Je croyais que nous nous dirigions vers les légions de Flaminius.

— Nous y allons ! Nous y allons ! explique Lebœuf, mais par le plus court chemin. Cette fois encore Hannibal étonnera ses ennemis et frappera comme la foudre. »

Ces paroles préoccupent Titus. Il faudrait qu'il prévienne le consul de cette nouvelle stratégie ! Mais comment ? Devant lui Hannibal, assis sur l'unique éléphant survivant, surveille les Gaulois. Derrière lui, chevauchent les cavaliers berbères aux javelots fulgurants. Virdomar aussi est préoccupé :

« Dis-moi, Lebœuf, par ce chemin nous arriverons dans les marais d'Étrurie ?

— Certainement.

— Je les connais bien. Avec la fonte des neiges et la crue des rivières ils seront infranchissables. »

Lebœuf sourit.

« Tu voudrais qu'après avoir traversé les Alpes,

130

Hannibal Barca

un Gros Boeuf nommé Elephant

Hannibal s'effarouche de simples marais ! Souviens-toi de ses paroles : "Soldats, il faut vaincre ou mourir." Eh bien, nous vaincrons ! »

*
* *

Deux jours plus tard, la cavalerie gauloise atteint les marécages étrusques. À perte de vue s'étend une eau verdâtre, encombrée de roseaux et de feuilles pourrissantes. L'infanterie, déjà engagée dans ces eaux immobiles, soulève des nuages d'insectes. Le cheval de Titus renâcle à marcher dans cette fange.

« Avance, ne t'inquiète pas, je suis là ! La traversée ne sera pas longue. »

Mais l'animal progresse péniblement. La vase est profonde, les herbes coupantes, les moustiques harcelants et de brusques effondrements du sol engloutissent, en un instant, un fantassin, un âne, un cheval. Au fur et à mesure que le temps passe, Titus voit s'éparpiller autour de lui des sacs, des chaussures, des cadavres qui remontent à la surface.

« Titus, reviens derrière moi, ordonne Virdomar. Tu t'approches d'une zone de fondrières. »

Trop tard. Le cheval commence à perdre pied. Titus saute de sa monture pour la tirer par la bride. Mais les jambes de derrière de l'animal s'enfoncent dans la vase. Le cheval, affolé, agite frénétiquement ses antérieurs à la recherche d'un point d'appui et

Titus le tire de plus en plus fort pour l'aider à se dégager. En vain. Dans des hennissements lamentables, la croupe, puis le poitrail, puis l'encolure de la bête sombrent dans l'eau croupie. Dans un dernier effort, le cheval secoue sa belle crinière sombre pour maintenir sa tête hors de l'eau, puis disparaît.

L'après-midi, la colère gronde chez les soldats, tandis que régulièrement l'un d'entre eux hurle, se débat et s'enfonce dans le marais.

La nuit arrive, froide et scintillante. La longue armée poursuit sa marche. Titus, immergé jusqu'aux épaules, suit prudemment Virdomar qui tâte la tourbe devant lui avec un long bâton. Le garçon a faim et surtout soif. La nuit passe lentement, ponctuée par les gémissements des hommes et les plaintes des bêtes.

Au lever du jour, aucun rivage n'est en vue et les colonnes de soldats s'étirent loin devant et loin derrière. Toute la journée se poursuit le morne cheminement.

À cause des nuits blanches, du froid, de la faim, de l'humidité, beaucoup de soldats tombent malades. Certains ont de la fièvre, d'autres, le corps dévoré par les moustiques, d'autres encore suffoquent en longues quintes de toux. Titus a des vertiges de sommeil.

« Je ne t'entends plus marcher ! » s'étonne aussitôt Virdomar.

Titus sursaute et repart en faisant clapoter l'eau et bruire les roseaux.

Le troisième jour un silence de mort règne sur les marécages. Les mercenaires n'ont plus la force de parler, ni même de crier en se noyant. Les bêtes elles-mêmes économisent leur énergie. Au crépuscule, les soldats épuisés agrippent tout ce qui flotte à la dérive, bagages, tentes, animaux morts, pour en faire une couche de fortune et se reposer un moment hors de l'eau. Virdomar, les yeux brillants de fièvre, se retourne vers Titus.

« Cette nuit, tu dois dormir, dit-il en saisissant le cadavre d'un âne par les oreilles. Couche-toi là-dessus. »

Titus a un haut-le-cœur de dégoût :

« Ce n'est pas la peine. Je n'ai pas sommeil.

— Allonge-toi, je te l'ordonne. Tu ne tiens plus debout et te laisseras engloutir. »

Titus se couche sur l'âne gonflé d'eau mais la nausée l'empêche de dormir. Il écoute Virdomar qui parle tout seul en traînant l'animal :

« Tu te souviens, mon petit Trifon, que tu aimais me tirer les oreilles quand tu étais enfant. Nous étions près du feu. Cela tient chaud le feu. Cela permet de faire cuire la bouillie d'orge. Pourquoi t'es-tu enfui avec la fumée ? Reviens, reviens vite m'apporter des flammes pour les mettre sous mes pieds. J'ai froid. J'ai tellement froid. »

Au son de cette voix monotone, Titus finit par sombrer dans le sommeil. Lorsqu'il se réveille, le jour commence à poindre et Virdomar a disparu.

« Virdomar ! Virdomar ! appelle-t-il.

— Tais-toi, lui crie Lebœuf à quelques pas de là. Il est mort. Il délirait complètement. Il te prenait pour Trifon et voulait te sauver. Le malheureux ! Quelle triste fin ! Mourir juste avant l'Étrurie ! »

Puis il ajoute d'un ton menaçant :

« Maintenant que Virdomar n'est plus là pour te protéger, c'est moi qui me chargerai de toi. Tu auras ce que tu mérites pour avoir voulu assassiner Hannibal ! »

Le jour suivant, des arbres apparaissent enfin à l'horizon. Vers midi, lorsque les Gaulois touchent terre à leur tour, la pagaille est considérable. Des hommes rampent épuisés sur le sol et s'endorment aussitôt. D'autres allument des feux pour sécher leurs vêtements. D'autres se précipitent pour réquisitionner les paysans et les obligent à livrer lait, œufs, pains, poulets, moutons, ânes, chevaux, tout leur maigre trésor.

Titus profite du désordre général pour fuir loin de Lebœuf. Il s'arrête un moment pour admirer une dernière fois l'éléphant que nettoient les cornacs. Non loin, derrière un massif de tamaris, les chefs carthaginois discutent en grec.

« Ce sont surtout les Gaulois qui sont morts.

— Ils perdent vite confiance et courage.

— Qu'importe ! Hannibal sait les utiliser pendant les batailles.

— Où se trouvent les légions romaines ?

— Celles de Flaminius sont à Arretium[1]. Celles de l'autre consul, sur la mer Adriatique. Grâce à cette traversée dans les marais, nous les empêcherons de se rejoindre. »

Titus reconnaît la douce voix de Magon.

« Qu'as-tu, mon frère ? Ton œil est tout abîmé. »

Puis la voix vibrante d'Hannibal.

« Ce n'est rien. Il n'y a pas de temps à perdre. Les éclaireurs que j'ai envoyés m'ont appris que le consul Flaminius est un homme irréfléchi et très orgueilleux. Je vais exaspérer son orgueil pour qu'il commette des imprudences. En attendant, mes amis, que les soldats profitent des richesses de l'Étrurie. »

*
* *

La terre est ferme. La terre est solide. La terre résiste quand on appuie son pied. Titus ne se lasse pas de courir. Il est enfin libre ! Enfin en territoire romain ! Dans peu de temps il aura retrouvé sa légion.

---

1. Arezzo.

L'ancien prisonnier abandonne ses vêtements gaulois et se fait donner une tunique par une paysanne. Il court jour et nuit, dormant peu, mangeant à peine, jusqu'à ce qu'il aperçoive, par une nuit très claire, le camp militaire. Celui-ci ressemble à une petite Rome[1] : protégé par un talus de terre, un fossé et une palissade, il est divisé par deux grandes rues perpendiculaires. Au centre, sur le forum, se dressent un autel et la tente du consul.

Bondissant d'impatience, de bonheur, de soulagement, Titus se précipite vers la porte du camp. Aussitôt les vélites qui en gardent l'entrée lèvent leur javelot vers ce paysan hirsute et crasseux.

« Arrêtez ! C'est moi, Titus Pomponius Capitolinus ! »

Les soldats baissent leurs armes et un vélite s'approche en reconnaissance.

« Furius ! Mon ami ! c'est moi, Titus !

— Tu n'es donc pas mort ? s'exclame Furius en le serrant dans ses bras.

— Tu vois bien que non.

— Mais d'où sors-tu ?

— Je te raconterai. Laisse-moi entrer. J'ai des nouvelles urgentes à transmettre au consul.

— Tu connais le mot de passe ? »

Titus s'énerve.

---

1. Un camp romain de deux légions s'étend sur à peu près 800 mètres de long et 550 mètres de large, soit 45 hectares.

« Comment veux-tu que je connaisse le mot de passe ? J'ai été prisonnier tout l'hiver.

— Alors tu n'entres pas.

— Tu me connais !

— Je te connais, mais ce sont les ordres. »

Titus se sent misérable. Tous ces mois d'attente, d'humiliation, de souffrances, de courage, pour que ses frères d'armes lui ferment la porte au nez ! La fatigue, une immense fatigue, l'envahit. Un vélite, comprenant sa détresse, lui explique gentiment :

« Tu as sans doute oublié la discipline de l'armée. Si nous te laissons entrer sans mot de passe, nous risquons la bastonnade publique.

— Ne te fais pas de souci. Tout se passera très bien, dit Furius pour le réconforter. Dès la fin de mon tour de garde, j'irai prévenir le tribun. »

*
* *

Dans sa tunique maculée de boue, Titus traverse le camp sous les regards curieux des légionnaires qui commentent à voix basse son arrivée. Sur le forum, trois tribuns de la deuxième légion l'attendent au tribunal. Ses amis, le vélite Kaeso Furius de la deuxième légion et Marcus Manlius de l'escadron au fanion du loup, ont été convoqués pour l'assister.

« Es-tu bien Titus Pomponius Capitolinus, de la tribu Collina ? demande le tribun.

— Je le suis. J'ai un message urgent à transmettre au consul. »

Sans tenir compte des paroles du garçon, le tribun déclare :

« Tu es accusé d'avoir perdu tes armes, ton cheval et d'avoir déserté. »

Titus pâlit sous l'outrage.

« Je ne suis pas un déserteur. J'ai été retenu prisonnier dans l'armée d'Hannibal depuis le début de l'hiver. J'ai un message urgent... »

Le tribun l'interrompt brutalement.

« Qu'as-tu dit à l'instant ? Que tu as été prisonnier pendant tout l'hiver ?

— Oui.

— Pourtant, on t'a vu à Rome pendant ce temps-là. Un agent t'a aperçu sur les bords du Tibre en tenue militaire. Ensuite il a perdu ta trace. Le responsable de la police de la ville m'a écrit à ce propos. Il a précisé qu'il n'a pas mentionné ce forfait à ta famille pour lui épargner le déshonneur. »

Puis d'un ton sec, le tribun ajoute :

« Pour faux témoignage et désertion, tu seras condamné à mort par lapidation. »

Titus sent une grande confusion gagner son esprit, et une grande douleur envahir son cœur.

Après un moment de silence, il explique d'une voix qu'il s'efforce de rendre calme :

« Je ne suis pas retourné à Rome. J'étais prisonnier dans le camp d'Hannibal. Là-bas, j'ai rencontré mon frère jumeau qui s'est enfui avec mes vêtements et mes armes. »

Le tribun a un sourire incrédule.

« L'invention d'un frère jumeau est ingénieuse ! »

Et se tournant vers Furius et Manlius :

« Avez-vous déjà entendu parler d'un fils Pomponius Capitolinus jumeau de celui-ci ?

— Non, dit Furius.

— Moi non plus, avoue Manlius, à regret. Mais j'ai entendu chanter le rossignol, un soir d'hiver, par quelqu'un d'autre que Titus. »

Le tribun se fâche.

« Cessez de vous payer ma tête avec des histoires de jumeaux et de rossignol. Quant à toi, Titus, si tu n'as rien d'autre à dire pour ta défense, tu seras lapidé demain matin. »

Titus s'exclame, bouleversé :

« Par le serment que j'ai prêté devant le Capitole, je me suis lié à la République et à mes camarades de combat. Que Jupiter me maudisse si je n'ai pas respecté ce serment. »

Tous tournent la tête en entendant des claquements de sabots. Le consul Flaminius, en manteau rouge, traverse le forum, précédé de douze licteurs

140

qui portent les faisceaux et la hache[1], symbole du droit de vie et de mort.

« Qui interroges-tu ? demande Flaminius au tribun.

— Un déserteur. »

Flaminius observe Titus.

« Il me semble t'avoir déjà rencontré. Où donc ? Ah ! oui, je m'en souviens, une nuit à Rome. Tu étais fort insolent.

— Ce n'était pas moi. C'était mon frère jumeau. »

Le tribun explique d'un ton ironique :

« Ce cavalier prétend avoir un frère jumeau, jusqu'à maintenant inconnu de tous, qui aurait été à Rome. Qu'en pense ton auguste sagesse ? »

À la surprise générale, Flaminius a un petit sourire.

« Sais-tu le grec ? demande-t-il.

— Je le parle et le comprends parfaitement. »

Flaminius se tourne alors vers le tribun.

« Le jumeau existe en effet. Il a failli me renverser parce qu'il refusait d'apprendre le grec. »

Puis s'adressant à Titus.

« Où étais-tu pendant ce temps ?

— Prisonnier d'Hannibal.

— Voilà un espion utile. Tu me raconteras ce qui

---

1. Les licteurs portent la hache uniquement hors de Rome.

se prépare dans le camp ennemi. Quant à toi, tribun, montre plus de discernement dans l'exercice de la justice. »

Flaminius s'éloigne vers la porte prétorienne, escorté par un manipule de légionnaires.

« Rejoignez vos tentes », grommelle avec humeur le tribun.

Les trois amis traversent gaiement le forum.

« Alors c'est ton frère qui a renversé Flaminius ! s'exclame Furius en riant. Comment s'appelle-t-il ?

— Trifon ! Je me demande où il peut bien se trouver maintenant ! C'est affreux d'avoir un frère jumeau imprévisible, incontrôlable, capable de n'importe quoi !

— N'y pense pas, dit Manlius. Aujourd'hui, ne songeons qu'à la joie d'être ensemble. Tu vas d'abord te laver, te raser, te coiffer, t'acheter des habits et des armes.

— Je n'ai pas d'argent.

— Je t'en prêterai. Tu me rembourseras avec tes prochaines soldes. »

*
* *

Près de la porte principale, en haut de la tour de bois qui domine la plaine, Flaminius, Titus et un tribun contemplent les ravages commis par l'armée d'Hannibal. Le spectacle est affreux. Partout s'élèvent des feux et de sinistres fumées noires. Les maisons, les granges, les forêts, les champs, tout est en flammes. Affolés, les chevaux, les bœufs, les ânes, les moutons courent en zigzag entre les incendies. Tout aussi épouvantés, les paysans s'enfuient à pied ou dans des carrioles surchargées.

« Je ne laisserai pas Hannibal ruiner l'Étrurie, tonne Flaminius. Nous attaquerons le plus tôt possible.

— Il serait plus prudent d'attendre le renfort des deux autres légions », commente le tribun.

Flaminius s'emporte :

« Tu veux que je reste sans réagir quand, sous mes yeux, Hannibal ruine l'Italie ! Tu veux que je me comporte en général lâche et craintif ! Que les Romains m'accusent de n'avoir pas défendu leurs terres et leurs villes ! »

Titus se souvient douloureusement des paroles du Carthaginois : « Je saurai exaspérer cet orgueil et le pousser à commettre des imprudences. » En un éclair il comprend la cohérence et l'efficacité de la stratégie d'Hannibal : empêcher le regroupement des quatre légions par la traversée des marais étrusques, indigner Flaminius pour l'obliger à livrer une bataille mal préparée. D'une voix modeste, il déclare :

« J'ai entendu parler le général carthaginois. Il prévoyait que tu te mettrais en colère et que... »

Flaminius devient rouge comme une crête de coq.

« Qu'oses-tu insinuer, malheureux ! Qu'Hannibal me dirige à sa guise, comme une balle, un cerceau, un petit enfant ! Retourne immédiatement dans ton escadron. »

Et tandis que Titus descend l'échelle de bois, le consul se tourne vers le tribun :

« Tu le priveras de solde et de butin pour manque de respect à son général. »

*
* *

Les noirs nuages de fumée continuent à défiler au-dessus du camp. Les légionnaires sont en effervescence. La plupart réclament la bataille. Une minorité veut attendre le renfort des deux autres légions. Les querelles sont fréquentes.

« Qu'est-ce que ce consul attend ? répète inlassablement Furius.

— Tu nous fatigues, répond Manlius. Il attend l'arrivée des légions.

— Furius craint que le dernier éléphant n'agonise et qu'il ne puisse le fendre en deux avec son épée, ironise Titus.

— Et toi tu crains de voir ton jumeau massacrer des soldats romains.

— Mes amis, mes amis... »

Un brouhaha sur le forum détourne leur conversation. Tous trois rejoignent la place, déjà encombrée de légionnaires.

« Que se passe-t-il ? demande Furius.

— Les tribuns sont réunis sous la tente du général pour délibérer sur la bataille.

— Flaminius a-t-il interrogé les dieux avant de prendre une décision ? interroge Manlius.

— Non.

— Quel malheur d'avoir un consul si désinvolte avec les dieux », soupire Manlius.

Les légionnaires, énervés, vont, viennent, discutent et se querellent. Effarouchés par cette effervescence, les poulets sacrés s'agitent dans leur cage et gloussent d'effroi. Enfin Flaminius sort de sa tente et crie des ordres inaudibles.

« Qu'a-t-il dit ?

— Je n'ai pas entendu.

— On se bat ou on ne se bat pas ?

— On se bat ! crie Furius triomphant. Regardez : on lève le drapeau rouge sur la tente du consul. »

« C'est une faute de partir sans interroger les poulets[1] », songe Manlius.

Les trompettes sonnent. Chacun va chercher ses armes. Derrière les enseignes on se regroupe en ordre de marche. Mais les discussions, les interro-

---

1. Habituellement, on nourrit les poulets sacrés avant d'engager un combat. S'ils n'ont pas faim et refusent de manger, on renonce à combattre ce jour-là.

gations, les critiques, se poursuivent dans les manipules et les escadrons. Pour calmer l'inquiétude de l'armée, Flaminius monte sur son cheval et clame d'une voix forte :

« Soldats ! J'entends parmi vous des murmures et des craintes. Seriez-vous terrifiés par l'armée d'Hannibal ? La croyez-vous invincible parce qu'elle nous a infligé deux défaites ? Que voulez-vous ? Laisser les Carthaginois détruire notre pays ou aller, vous, à la victoire ?

— Vive le consul ! crie Furius.

— Vive le consul ! » reprennent en écho des milliers de soldats.

*
* *

Depuis de nombreuses et pénibles journées, les Romains poursuivent l'armée d'Hannibal qui préfère ravager les territoires plutôt que de combattre. Les légionnaires sont humiliés et exaspérés de ne pouvoir arrêter cette fureur destructrice. Impuissants, ils constatent chaque jour la ruine des campagnes et le désespoir des habitants.

Enfin, un soir, au bord du lac de Trasimène[1], une bonne nouvelle se répand dans le camp : l'armée carthaginoise est installée à proximité et le moment

_____

1. En juin de l'année 217 av. J.-C.

camp Romain

Mauvais
Présage.

approche où les Romains pourront se venger des malheurs infligés à leur patrie. Une fois l'enseigne plantée, chacun s'affaire pour monter le camp : les uns creusent le fossé, d'autres montent la palissade, d'autres les tentes et les baraquements pour les chevaux. Manlius admire le paysage. Le soleil vient de se coucher et le lac ressemble à un grand miroir sur lequel glissent des canards, des sarcelles, des hérons. Tout autour, moutonnent des collines où les arbres mélangent les verts clairs et les verts foncés, tandis qu'à leur pied s'étalent de petits champs de blé au jaune éclatant. À gauche, des montagnes plus imposantes dressent leur masse sombre.

« Que c'est beau ici ! » murmure-t-il.

Furius arrive en courant :

« J'ai une bonne nouvelle à vous annoncer : Hannibal a perdu un œil ! Il est borgne ! Il verra tout d'un seul côté.

— Être borgne n'empêche pas d'être bon stratège, remarque Titus.

— Tu m'agaces, à toujours admirer cet homme !

— Sous-estimer l'ennemi fait commettre beaucoup d'erreurs ! »

Mais aucun discours ne peut entamer l'enthousiasme de Furius :

« Son camp est installé tout près, de l'autre côté. Nous allons enfin nous venger des destructions et des pillages qu'il a commis dans nos campagnes. »

*
* *

Les soldats dorment. Titus et Manlius sont de ceux qui assurent le premier tour de garde. Près d'une porte, ils contemplent les longues traînées de brume parsemées de flaques de lumière.

« Entre les montagnes et le lac, le passage est étroit », remarque Manlius.

Puis d'une voix sourde, il ajoute :

« S'il m'arrivait malheur, dis à Pomponia combien je l'aimais. Dis-lui que j'ai pensé à elle tous les jours, jusqu'au dernier soir. »

Titus prend un ton de plaisanterie :

« Un cavalier romain n'envisage que la victoire. Je suis tellement heureux d'être à nouveau dans ma légion, avec mes frères d'armes, que plus rien ne peut m'inquiéter. Là-bas, au milieu des mercenaires, je vivais dans une solitude pire que la mort. »

Manlius lui serre la main d'affection.

*
* *

Il fait encore nuit le lendemain lorsque le cor sonne. Sous les tentes les soldats se frottent les yeux de sommeil.

« Debout ! Nous livrons bataille », annoncent les centurions.

Dans la pénombre, chacun noue ses bagages, revêt son casque et ses armes. Les tubas appellent les légionnaires derrière leurs enseignes, le clairon les cavaliers derrière leur fanion.

« On ne voit pas grand-chose, constate Manlius. Pourquoi part-on dans un tel brouillard ?

— Le consul doit avoir ses raisons, explique Titus. Il veut sans doute surprendre l'ennemi en attaquant très tôt. »

Puis d'un ton amusé, il ajoute :

« Dans tous les cas, écoute bien les canards pour éviter le lac et une traversée comme celle des marais étrusques. Tu risquerais de devenir borgne et surtout de te noyer. »

Les cavaliers avancent dans la brume jusqu'au passage qui s'étend de la montagne au lac. Ils sont alors si serrés les uns contre les autres que les boucliers se heurtent et que les chevaux se cognent dans une cacophonie de hennissements et de récriminations.

« Ce brouillard est vraiment pénible, s'énerve Titus.

— Il ne va pas durer. Il doit déjà faire beau sur le sommet des collines. »

C'est alors que des clameurs et des piétinements grondent sur les hauteurs.

« Aux armes ! crie un officier. Les Carthaginois attaquent. »

Les cavaliers attachent leur casque, passent leur bouclier au bras gauche et dégainent leur épée.

« Que Mars te protège, Manlius, c'est une embuscade ! » dit Titus en scrutant vainement l'horizon.

Les cavaliers ennemis dévalent la montagne sur toute la longueur du défilé, tandis que des fantassins en bloquent l'entrée et d'autres la sortie. La confusion est terrible. Comme on ne voit pas à cinq pieds, chacun se bat au hasard, devant, derrière, sur le côté, dans le plus grand désordre, sans retrouver son escadron ou son manipule.

Flaminius, dont le manteau rouge surgit dans la brume, comme une grande flamme emportée par le vent, escorté par une dizaine de triaires[1], encourage ses légionnaires :

« Soldats, tenez bon ! Battez-vous ! Vous forcerez le passage ! C'est le courage qui chasse le danger ! »

Soudain un Gaulois s'écrie :

« Voilà celui qui a détruit notre armée[2] ! »

Et de sa lance il frappe Flaminius au cœur.

« Le consul est mort », hurle bientôt un triaire.

Alors commence une bousculade éperdue : des légionnaires tentent de s'échapper par la montagne ou se précipitent aveuglément dans le lac. D'autres au contraire s'efforcent de retourner au centre du combat, malgré la débandade. Titus lutte avec

---

1. Les soldats les plus expérimentés, qui sont en troisième ligne.
2. C'est Flaminius qui a maté le soulèvement des Gaulois en 222.

acharnement, reconnaissant ses ennemis à l'oreille, par leurs jurons et leurs vociférations Mais la balle de plomb d'un frondeur le frappe à la hanche. À moitié couché sur l'encolure de son cheval, il continue à se battre dans la mêlée obscure. Plus tard un Libyen le culbute hors de sa selle. Par terre, piétiné par les chevaux et les soldats, le visage protégé par son bouclier, il se laisse aller à la douleur, à la colère, au chagrin. Pourquoi la guerre, au lieu d'être un magnifique combat au grand soleil, est-elle ce sombre massacre dans le brouillard ? Puis un violent coup de sabot dans la tête lui fait perdre connaissance.

Tout est calme à son réveil. Les canards au loin nasillent, les martinets pépient, le soleil brille. Titus se redresse à moitié sur les avant-bras et murmure :

« Oh ! Mars ! »

Entre la montagne et le lac gisent des milliers de soldats, romains pour la plupart. La terre est rouge de sang, jonchée d'armes et de chevaux. Titus essaye vainement de se relever.

« Je vais mourir ici », songe-t-il.

Pourtant il ne veut pas mourir. Pas maintenant ! Pas si tôt ! Pas avant d'avoir servi Rome glorieusement, d'avoir fait honneur à sa famille. « Jupiter, et vous tous les dieux du ciel, ne m'abandonnez pas ! »

Au milieu de l'après-midi, les soldats d'Hannibal parcourent le camp, ramassent les armes et les boucliers. Titus ferme les yeux et cesse de respirer, lorsqu'un Espagnol s'empare de son épée et lui donne un violent coup de pied en déclarant :

« Celui-là aussi est mort.

— Nous ne trouverons jamais le consul ! Ils sont trop nombreux ! » crie une voix.

Les mercenaires repartent au soleil couchant, les bras chargés de butin. À côté de Titus, s'agite la grande aile rose d'un héron qui, touché à l'aile, tente de voler.

« Toi aussi tu voudrais partir d'ici », lui dit Titus. L'oiseau tourne vers lui des yeux désolés.

« Vois-tu, héron, ces martinets qui volent au-dessus de nos têtes et ne mettent jamais une patte sur la terre sont bien tranquilles. Ils dorment sur les courants d'air, se nourrissent de graines emportées par le vent, sans que personne les dérange. »

Des blessés gémissent. Titus se redresse à nouveau, en espérant un improbable secours, mais rien ne bouge hormis les oiseaux. Soudain il croit voir un cavalier, un cavalier romain, solitaire, qui chevauche hardiment sur le champ de bataille. Il essaye de lui faire signe, mais ne peut se relever. À côté de lui, le héron s'agite à nouveau, se lève sur ses deux pattes, bat de son aile valide, retombe, se relève, cherche encore à prendre son essor. Trifon pousse alors un cri de joie :

« Le héron de Pomponia ! Titus ! Me voilà ! »

Un instant plus tard, il arrive au galop.

« C'est un sacré carnage ici, commente-t-il. Viens, frère, je t'emmène.

— Trouve d'abord mes armes ! Les légionnaires vont me jeter des pierres si je les abandonne. Je ne veux pas partir sans elles.

— Par Taranis, tu deviens fou ! »

Et il prend son frère dans ses bras, le jette en travers du cheval et s'éloigne vers le soleil couchant.

7

Un surprenant gladiateur

À Tusculum, dans l'atrium de la ferme, Cornelia, entourée par les quatre petites filles, pose sur la table un rouleau de papyrus, une plume de roseau et un encrier.

« Nous allons répondre à Titus, annonce-t-elle joyeusement.

— Relis-nous sa lettre ! demande la plus jeune.

— Je vous l'ai déjà lue plus de vingt fois !

— Encore une fois ! »

Cornelia déroule le papyrus :

LE TROISIÈME JOUR AVANT LES CALENDES DE JUIN, SOUS LE CONSULAT DE FLAMINIUS.

MON PÈRE ET MA MÈRE, SALUT ! JE NE VOUS AI

PAS DONNÉ DE NOUVELLES PENDANT TRÈS LONG-TEMPS CAR J'ÉTAIS PRISONNIER DANS L'ARMÉE D'HANNIBAL. MAIS J'AI RÉUSSI À M'ÉCHAPPER ET À RETROUVER MA LÉGION PRÈS D'ARRETIUM. JE ME PORTE TRÈS BIEN. NE VOUS FAITES DONC PLUS DE SOUCI À MON SUJET. DONNEZ-MOI VITE DES NOU-VELLES DE TOUTE LA FAMILLE...

La porte du corridor grince sur ses gonds et Pomponius entre avec une précipitation inhabituelle.

« Où se trouve mon père ?

— Juste à côté, il surveille le nettoyage des lampes.

— Père ! » crie Pomponius.

Capitolinus apparaît à la porte d'un sombre réduit :

« Père, Hannibal a écrasé notre armée près du lac Trasimène. »

Le sénateur fait quelques pas et maladroitement s'assied sur un tabouret.

« Où se trouve Flaminius ? demande-t-il d'une voix blême.

— Il est mort.

— Et Titus ? s'inquiète Cornelia.

— Je l'ignore.

— Nos légions ? reprend le sénateur.

— Décimées. Nos soldats ont été tués par milliers. Les rescapés s'en reviennent, seuls ou par petits groupes, sur des chemins de traverse. »

Cornelia, sous le choc, ne cesse de parler.

« Mais pourquoi ce consul a-t-il livré bataille ? C'est stupide de se battre près d'un lac dans lequel on se noie dès qu'on recule. Pourquoi avez-vous élu un consul aussi insouciant ? Dire que celui-ci est parti à la guerre sans faire de sacrifices à Jupiter ! Souviens-toi, Marcus, il a quitté la Ville comme un voleur, sans valets, sans licteurs. A-t-il pensé aux soldats qu'il allait faire massacrer ? A-t-il pensé à mon Titus ?

— Femme, tu fais trop de bruit », déclare Pomponius.

Le sénateur murmure :

« La République... Oh ! Jupiter... »

Et sa tête retombe brutalement sur la table. Cornelia se précipite.

« Père, qu'as-tu ? »

Comme le vieillard ne répond pas, elle insiste :

« Père ! Réponds-moi ! »

À son tour Pomponius s'approche, prend dans ses mains le visage de son père, puis le repose en fermant doucement les paupières.

« Qu'est-ce qu'a grand-père ? s'inquiète une petite fille.

— Il n'a pu supporter le désastre de notre armée. Il a préféré s'en aller. »

Les quatre petites filles se blottissent pour pleurer dans la longue robe de leur mère.

Au milieu de la matinée, Trifon chevauche sur la ligne de crête du Janicule. Il fait chaud et lourd. Au pied de la colline, les vaches sommeillent à l'ombre des arbres et les paysans se dépêchent de couper les blés avant une menaçante pluie d'orage. De l'autre côté du Tibre, s'élève la masse sombre des remparts de Rome. Trifon se tourne vers Titus qui, très pâle sur son cheval, gravit péniblement la côte.

« Frère, dit Trifon, voilà tes remparts, ta ville, ta famille. Pourras-tu trotter seul jusqu'à Rome malgré ta blessure ?

— Tu me quittes ? s'étonne Titus.

— Oui. On ne m'attachera pas deux fois aux anneaux d'un corridor.

— Personne ne t'attachera. Tu m'as sauvé la vie, et, selon une coutume de la République, tout soldat romain doit à son sauveteur, pendant toute son existence, les égards dus à un père. Viens avec moi, mon frère, tu n'as plus rien à craindre.

— Et ta famille ?

— Elle accueillera avec joie celui qui m'a ramené vivant à Rome. »

Trifon hésite encore entre la méfiance et le bonheur. D'un côté les odieux souvenirs de son passage à Rome où il ne connut que déceptions, humiliations et dangers. De l'autre la chaleur d'une famille, l'amitié d'un frère, la fierté d'une patrie. Il choisit le bonheur.

« Je viens avec toi », déclare-t-il, en éperonnant son cheval.

Titus se sent étourdi de joie à la vue de Rome. Près du pont Sublicius, le manchot harangue de loin les soldats rescapés :

« Je vous avais prévenus : les Carthaginois ne sont pas doux comme des tétines de truie ! Personne ne m'écoutait. La jeunesse n'en fait qu'à sa tête. Mais je les reconnais ! Ce sont les deux fils Pomponius, réunis comme Castor et Pollux. »

Titus se tourne vers Trifon :

« Il a raison. Désormais nous serons comme Castor et Pollux. Allons, devant eux, faire serment d'une indéfectible amitié. »

*
* *

Sur le Forum, les deux frères se rendent au temple des Castors[1].

« Je fais serment de ne jamais abandonner mon frère Trifon, sinon que Castor me maudisse, déclare Titus.

— Je fais serment de ne jamais abandonner mon

---

1. Appellation courante du temple de Castor et Pollux.

frère Titus, sinon que Pollux me maudisse », promet à son tour Trifon.

Et tous deux ensemble s'écrient :

« À la vie, à la mort ! »

De la rue de l'Argilète proviennent des lamentations déchirantes. Voyant le visage interrogateur de son frère, Titus explique :

« Ce sont des pleureuses à gages. On enterre certainement un citoyen. »

En effet, de toutes parts, surgissent des citadins qui se dirigent vers la tribune des Rostres.

« Qui enterre-t-on ? demande Titus à un esclave.

— Le sénateur Aulus Pomponius Capitolinus.

— Mon grand-père ?

— Celui qui m'a fait enchaîner ? »

Titus, saisi d'émotion, ne répond pas. Ainsi il ne verra plus la silhouette trapue, qui tous les soirs vérifiait les travaux du jour, fermait les verrous, éteignait la dernière lampe. Il ne saisira plus les larges mains qui les premières lui confièrent une charrue, le hissèrent sur un cheval, l'aidèrent à nager. Il n'entendra plus la voix rude donner des conseils pour les travaux des champs, rappeler les vertus romaines, évoquer le courage des ancêtres.

« C'est lui qui m'a appris à devenir un vrai citoyen romain », explique-t-il d'une voix étouffée.

Devant le chagrin de son frère, et ne pouvant le partager, Trifon se sent de trop.

« Je ne veux pas te déranger, toi et ta famille, en ce moment, et vais me cacher sur la colline de l'Esquilin. Tu viendras me chercher après l'enterrement. »

De l'Argilète débouchent alors des musiciens jouant de la flûte, du cor, de la trompette, suivis par des porteurs de torches. Derrière marchent les pleureuses aux cheveux dénoués. Elles sont entourées par des danseurs qui cabriolent en se moquant du défunt :

« Le ladre n'achetait jamais rien !

— Il comptait ses as et ses sesterces, tous les soirs avant de se coucher !

— Il méprisait les plébéiens !

— Il trouvait les Grecs fainéants et bavards !

— Il radotait avec son ancêtre. C'était les oies et non Capitolinus qui ont sauvé Rome ! »

Les *ancêtres* aussi accompagnent le défunt. Leurs masques de cire sont portés par des esclaves et des amis, dont la silhouette, petite ou élancée, maigre ou rondelette, ressemble à la leur, revêtue de la toge caractéristique de leur magistrature : toge de pourpre pour les anciens censeurs, toge brodée d'or pour le sauveur du Capitole.

Enfin, sur une litière, repose un mannequin représentant le sénateur Aulus Pomponius Capitolinus, entouré par sa famille en vêtements sombres, les hommes non rasés, les femmes décoiffées.

Au milieu du Forum, les *ancêtres* s'installent sur des chaises curules. Pomponius monte sur la tribune des Rostres pour faire l'éloge de son père.

« Le citoyen qui nous a quittés s'est dévoué toute sa vie à la grandeur de Rome. Aussi le malheur de la patrie l'a-t-il frappé au cœur aussi brutalement qu'une pointe d'épée. Patriote... »

Titus n'écoute plus son père. Il regarde sa mère, sa sœur Pomponia, les quatre petites sœurs si mignonnes sous leurs cheveux défaits. La plus jeune lui fait un léger signe de la main et se penche vers Cornelia.

« Maman, regarde là-bas ! Est-ce Titus ou est-ce Trifon ?

— Où donc, ma petite chérie ? Je ne vois personne ! Ah si !... c'est Titus ! Junon, merci de l'avoir sauvé ! »

*
* *

L'après-midi, sur la colline caillouteuse de l'Esquilin, Trifon, étourdi de soleil, fatigué d'attendre, curieux des mouvements de foule sur la place publique, descend vers la Voie sacrée.

« Que se passe-t-il ? Pourquoi ces hurlements ? demande-t-il.

— La famille Capitolina offre au peuple romain un combat de gladiateurs pour honorer son mort. »

Amusé, Trifon s'avance vers le Forum où l'assistance est considérable. Pour admirer le combat, les femmes se dressent sur la pointe des pieds, les enfants se hissent sur les épaules de leur père, les jeunes gens les plus agiles grimpent sur les toits des boutiques et les terrasses des maisons. Trifon se faufile à grand-peine jusqu'à l'arène improvisée entre des cordes. Un gladiateur gaulois, un mirmillon, avec un bouclier rond et une épée recourbée, affronte un grand gladiateur samnite, portant bouclier rectangulaire et longue épée. Le combat est inégal car le mirmillon a peur de se battre et se contente de courir entre les cordes pour éviter les coups. Les spectateurs sont déçus.

« Attaque donc ! crie un homme.

— Froussard ! dit un autre.

— Joues-tu les idiots ! demande une femme.

— Poltron ! »

Le mirmillon est vite assommé. L'assistance murmure, mécontente.

« Ce mirmillon est un incapable !

— Tous des lâches, ces Gaulois ! » s'écrie un homme.

À ces mots, Trifon, indigné, saute dans l'arène et s'écrie :

« Vous allez voir comment se bat un Gaulois !

— Vas-y !

— Qu'il se batte !

— Enfin ! »

Le maître des gladiateurs, trop content de cette opportunité, s'empresse de donner casque, jambières, épée et bouclier au gladiateur imprévu et annonce un nouveau combat. Le spectacle devient mouvementé car Trifon, rapide et agile, bondit de tous côtés et déconcerte son adversaire. Dans l'assistance, on s'interroge :

« Qui est-ce ?

— J'ai cru reconnaître le jeune Pomponius Capitolinus.

— Le fils du préteur ? Jamais il ne ferait un métier d'esclave.

— Vous vous trompez. Le fils est là-bas, à côté de son père et de l'édile Stilo.

— J'aurais juré, par Saturne, que c'était lui. »

Le samnite, énervé et fatigué par les bonds et les coups de son adversaire, ralentit ses gestes. Trifon en profite pour redoubler d'audace et fait sauter par terre la longue épée du gladiateur. La foule applaudit. Trifon enlève aussitôt son casque et ses jambières, les rend au maître du combat et s'en retourne dans la foule.

Pomponius se penche vers Papirius Stilo :

« Je vais vendre cet imbécile au maître des gladiateurs.

— Père, s'alarme Titus, il m'a sauvé la vie ! Tu avais promis de l'adopter ! »

TRIDENT du RÉTIAIRE

CASQUE du SAMNITE

LE MIRMILLON

GLAIVE du THRACE

Pomponius répond sèchement :

« Je l'adopterais s'il se conduisait dignement. Penses-tu qu'un gladiateur puisse devenir membre de notre famille ? Que diraient nos concitoyens ? Crois-tu qu'ils m'éliraient aux magistratures suprêmes si je reconnaissais comme mon fils un garçon qui se conduit en esclave. »

Et se tournant vers son voisin il ajoute :

« Je te prie, Papirius, de le faire arrêter par les agents de la ville.

— Père, tu as tort de...

— Tu oses critiquer ton père ! Par Jupiter, ces mois passés dans le camp d'Hannibal t'ont tordu l'esprit. Retourne immédiatement à la maison. »

Titus se lève, s'approche de Dromon qui se tient à quelques pas de son maître Stilo et lui murmure quelques mots à l'oreille. Puis il rejoint Trifon. Celui-ci, entouré d'admirateurs et d'admiratrices, rayonne d'allégresse et répond à chacun avec bonne humeur :

« Eh oui, je suis le frère jumeau de Titus Pomponius Capitolinus. J'ai été "exposé[1]" à cause d'un rêve qu'a fait ma mère. C'est un Gaulois qui m'a élevé.

— As-tu rencontré Hannibal ?

— Bien sûr, c'est un général magnifique. Main-

---

1. Les bébés « exposés » étaient les bébés abandonnés dans un coin de la ville ou des environs.

tenant je me battrai avec les Romains pour ne pas quitter mon frère. C'est si bon de retrouver sa famille. Vous êtes tous si gentils avec moi.

— Trifon, viens !

— Pourquoi ?

— Viens immédiatement, répète Titus d'un ton si grave que Trifon quitte ses admirateurs.

— Cours vite jusqu'au bout de la Voie sacrée, puis tourne à droite, dépasse le grand cirque et réfugie-toi dans le temple de Cérès, au pied de l'Aventin. Dépêche-toi, on veut t'arrêter.

— Tu viens avec moi ?

— Non. J'obéis à mon père. Cours ! »

*
* *

Dans le temple de Cérès, aux céramiques décorées de fruits et d'épis de blé, Mirabella rejoint Trifon.

« Tu étais magnifique ! Je n'ai jamais vu un si beau gladiateur.

— Qu'est-ce qu'un gladiateur ?

— Un esclave qui se bat avec un autre pour amuser la foule. »

Trifon hausse les épaules.

« C'est un jeu stupide. Jamais je ne recommencerai.

— Pourquoi alors...

— Parce que j'étais énervé qu'on traite les Gaulois de poltrons. Mais pourquoi Titus n'est-il pas venu avec moi ? Nous avons juré devant Castor et Pollux de ne point nous quitter.

— Il doit avoir une bonne raison, car il tiendra certainement parole. »

Dromon arrive tout essoufflé.

« As-tu perdu l'esprit ? Non seulement tu t'exhibes dans un métier d'esclave mais tu racontes que tu aimais combattre dans l'armée d'Hannibal.

— Depuis j'ai changé d'avis.

— Justement, on reproche ici aux Gaulois de changer sans cesse d'avis. Je t'annonce que ton père, le préteur Pomponius, veut te vendre au maître des gladiateurs.

— Me vendre ! »

Trifon a une expression si triste, si misérable, que Mirabella lui prend la main :

« Tu ne crains rien dans ce temple. C'est un lieu d'asile.

— Qu'est-ce qu'ils ont, les Romains ? murmure Trifon, accablé. Dès que j'arrive dans leur ville, ils m'arrêtent, ils m'attachent, ils me vendent. Peux-tu me dire pourquoi ?

— Tu es querelleur et imprévisible.

— Les Romains ne le sont-ils pas ?

— Non. Les Romains sont disciplinés, fidèles à

168

leur serment et soumis à leurs lois. Sinon ils sont punis, soit par les hommes, soit par les dieux.

— Aidez-moi à m'enfuir d'ici ! » conclut Trifon.

Mirabella s'indigne :

« Mais tu as promis à Castor et Pollux de ne point quitter ton frère !

— Par Pollux, vous me donnez mal à la tête tous les deux ! »

Puis d'un ton radouci, Trifon demande :

« Que dois-je faire ?

— Te conduire en esclave honnête, propose Dromon.

— En esclave ! Jamais. Plutôt mourir. »

Mirabella jette à Dromon un regard désespéré. Celui-ci s'efforce de parler lentement.

« Écoute-moi bien, Trifon, et suis attentivement mon raisonnement. Premièrement, ton père refuse de te reconnaître comme citoyen puisque tu as été gladiateur. Deuxièmement, tu as juré de ne pas quitter ton frère. Conclusion : pour le moment tu dois rester à Rome et tu ne peux y rester que comme esclave. Il n'y a pas d'autre solution.

— Je refuse d'être gladiateur et me ferai tuer au premier combat.

— Laisse-moi tenter une ingénieuse affaire, dit Dromon avec un sourire. Et fais confiance aux dieux. »

En fin d'après-midi, Dromon erre dans le populeux quartier de Suburre à la recherche du maître des gladiateurs. Il le découvre en train de manger des lentilles à l'éventaire d'une bruyante taverne.

« Ami, dit Dromon, tu vas bien ?

— Grâces aux dieux, je me porte fort bien.

— Vraiment ? Tu vas bien ? Tu devrais plutôt te chagriner.

— Et pourquoi donc ?

— Tu vas te mettre dans un insupportable pétrin. »

Le maître des gladiateurs, au visage rond et rouge, prend l'air inquiet.

« Explique-toi.

— Tu envisages d'acheter ce Trifon comme gladiateur.

— Tu dis vrai. L'affaire est bonne : on me vend le mirmillon pour le prix d'un petit chien. »

Dromon s'approche davantage et parle à voix basse :

« Ce prix ne t'a point intrigué alors que les esclaves sont devenus si rares et si coûteux ? Je te pose la question. »

Le maître des gladiateurs, surpris, cesse de manger. Dromon s'empare aussitôt de l'assiette de lentilles et y plonge ses doigts en continuant ses explications.

« Je vais t'apprendre la raison de cette prétendue bonne affaire, car ta figure est celle d'un honnête homme dont les dieux ne souhaitent pas l'infortune. Pomponius est pressé de se débarrasser de ce Trifon, car il a parfois des crises de folie.

— De folie ! De quelle sorte ?

— De la plus redoutable. La rage s'empare de lui dès qu'il tient une arme. Il se précipite alors sur ceux qui l'entourent pour leur arracher les yeux, leur couper la langue à la racine, mordre leurs oreilles, défoncer...

— Malheur à moi ! s'exclame le maître des gladiateurs. Quelle abomination ! »

Puis, réfléchissant un moment, il ajoute :

« Pourtant, sur le Forum, cet après-midi, il s'est bien battu.

— Je vois que tu n'as jamais rencontré de fou. Ils ne le sont pas tout le temps et, parfois, agissent comme tout le monde. Pour t'éclaircir l'esprit, refuse de l'acheter. Tu verras dans quel embarras tu mettras le préteur Pomponius et tous les propos qu'il tiendra pour te convaincre de le prendre avec toi. »

De grosses gouttes de sueur perlent au front du maître des gladiateurs.

« Je suivrai tes conseils. Les dieux te bénissent. Serre-moi la main, le meilleur des amis.

— Ainsi soit-il, répond Dromon qui s'éloigne dans la foule en murmurant : à l'autre maintenant. »

*
* *

Les rues grouillent de monde en cette chaude soirée d'été. Dans la rue Étrusque, devant un immeuble de trois étages, Dromon appelle :

« Pappus ! Pappus ! Es-tu là ? »

Un petit homme à la barbichette blanche se penche à une étroite fenêtre du dernier étage :

« Dromon ! Que veux-tu ?

— Te parler !

— Monte. »

Dromon s'engage sur l'escalier extérieur et pénètre dans une petite pièce encombrée de vieux habits, de perruques, de pots de peinture et d'instruments de musique. Une forte odeur d'urine se dégage d'un petit tonneau. Dans un bol, Pappus mélange des graines d'orge, du sel et du miel.

« Pappus, je te salue, dit Dromon, en dégageant, pour s'asseoir dessus, un tabouret encombré par une pile de tissus. Te portes-tu bien comme tu le désires ?

— Parfaitement.

— Ta troupe n'est-elle pas trop maigrichonne ? N'as-tu pas besoin d'un nouvel acteur ?

— J'en ai assez comme cela. Et les esclaves sont devenus trop chers avec toutes ces défaites[1].

— Je peux t'en trouver un qui ne coûte pas le prix d'un petit chien.

— Sans doute un esclave malade dont on cherche à se débarrasser pour ne plus le nourrir ? »

Pappus commence à blanchir ses dents avec le mélange d'orge et de miel. Dromon explique :

« Non. Un jeune homme fort, beau, adroit de son corps et puissant de sa voix.

— Un coquin, alors !

— Il s'agit du mirmillon qui a battu le samnite ! »

Pappus s'étouffe avec sa crème et balbutie :

« Un enfant abandonné qui revient comme un fantôme et qu'on veut abandonner à nouveau ! Dieux immortels, jamais ! »

Pappus continue à se blanchir les dents. Dromon réfléchit, s'empare d'un ciseau et se coupe les ongles d'un air indifférent. Il déclare enfin :

« Sais-tu que mon maître, Papirius Stilo, est édile curule cette année ?

— Comment l'ignorer ? Me prends-tu pour un imbécile ?

---

1. Les esclaves faisaient partie du butin après les victoires.

— Que dirais-tu d'être choisi, pendant les jeux romains, pour monter la pièce de théâtre. »

Pappus s'empresse de recracher la pâte à blanchir.

« Je serai au comble de la joie, de l'honneur, de la richesse. Je vais de ce pas remercier l'édile curule de sa bienveillance.

— Inutile. Il n'est pas encore au courant. »

Pappus se fâche.

« Es-tu venu ici pour te payer ma tête ! Sors d'ici, hypocrite, ou je te mets la cervelle en bouillie.

— Je te posais simplement une question, répond Dromon d'un air négligent. Faisons la paix et écoute-moi. Pour les jeux romains, Papirius Stilo a besoin que je lui écrive une pièce. Et pour ma pièce, j'ai besoin d'un acteur comme Trifon. »

Dromon prend une voix pathétique :

« Songe que jouer une belle pièce pendant les jeux romains, c'est faire plaisir à Jupiter ! Peut-être désarmeras-tu sa colère et aidera-t-il les Romains à sauver leur patrie menacée ! »

Pappus, tourneboulé par tous ces discours, s'inquiète encore :

« Si j'achète ce garçon, es-tu certain que l'édile choisira ma troupe pendant les jeux ?

— J'y mets tout mon honneur d'esclave.

— Ce n'est pas grand-chose », soupire Pappus.

Lorsque Dromon arrive en bas de l'escalier, Pappus lui crie :

« Que raconte ta pièce ?

— Je ne l'ai pas encore écrite.

— Dieux immortels, se moque-t-il de moi ? » murmure l'entrepreneur de spectacles.

*
* *

Le lendemain matin, dans l'atrium, Cornelia et ses cinq filles, l'intendant et sa femme, assistent à la punition de Titus. Torse nu, debout contre un mur, la jambe blessée légèrement repliée, les dents serrées, Titus tend son dos aux coups de la baguette de bois. La peau éclate en longues zébrures rouges et quelques gouttes de sang tombent sur le sol. Après trente coups, Pomponius tend la baguette à un esclave et d'une voix grave et triste déclare :

« À l'avenir, ne te conduis plus d'une manière insolente envers ton père. Tu retourneras demain dans la maison de Papirius Stilo. Il t'attend. »

Et, passant devant sa femme, qui, les larmes aux yeux, l'interroge d'un regard lourd, il ajoute à voix basse :

« Femme, n'ajoute pas ton chagrin à ma peine. Il

175

m'est douloureux d'accomplir mon devoir de père de famille. »

Dès que Pomponius a quitté la maison, Cornelia court vers son fils.

« Mon petit, viens t'allonger sur mon lit. Je vais te préparer de la bouillie de chou et te masser avec des racines écrasées. Tout cela, c'est la faute d'Hannibal. Ce Carthaginois exaspère les citoyens, désespère les citoyennes, et courrouce les dieux. Tant de défaites, tant de morts, et en plus la colère de ton père ! Pourquoi t'a-t-il puni ?

— Il veut vendre Trifon au maître des gladiateurs, et je l'ai critiqué.

— Tu aimes donc ce frère ! constate Cornelia avec émotion.

— Oui. Il m'a sauvé la vie. Et la coutume, dans notre République...

— Je sais, je sais. Je voudrais pouvoir l'aimer, moi aussi. Mais pourquoi ne se comporte-t-il pas comme un Romain ?

— Comment le saurait-il, puisqu'il a été abandonné », rappelle Pomponia de sa voix douce.

Cornelia murmure pour elle-même :

« Ce n'était pas ma faute ! J'en ai eu le cœur serré !

— Mère, dit gravement Titus, même si je dois en souffrir, j'affronterai mon père jusqu'à ce que Trifon

176

soit reconnu comme son fils et devienne citoyen de Rome. J'en ai fait le serment devant le temple des Castors.

— Que de malheurs à venir ! » gémit Cornelia.

8

Les yeux couleur de cresson

À l'heure la plus chaude, Titus, assourdi par les stridulations des grillons, se dirige vers la maison de Papirius Stilo. L'atrium est désert et agréablement frais.

« Dromon ! Dromon ! »

Dromon apparaît à la porte de sa minuscule chambre.

« Pourquoi me réveilles-tu par cette canicule ?

— Sais-tu où se trouve mon frère ?

— Certes, je me suis démené pour arranger ses affaires.

— Alors il est libre ?

— C'est trop demander aux dieux. Ton père l'a vendu...

— Comme esclave !

— Non. Enfin oui. Comme acteur dans la troupe Pappi ! C'est mieux que de se retrouver gladiateur.

— Voilà une grande catastrophe !

— Voilà une ingrate récompense pour mes longues et habiles négociations !

— Allons le voir immédiatement !

— Je ne puis. J'ai du travail par-dessus les oreilles. Toi aussi d'ailleurs. Papirius Stilo a besoin de ton aide pour la préparation des jeux romains. Il t'a laissé des directives.

— Je dois d'abord réconforter mon frère. Dis-moi où il se trouve.

— Sans doute chez Pappus qui demeure rue des Étrusques, après les boutiques des marchands d'huile, en face de l'enseigne d'un cordonnier. »

La ville est engourdie de chaleur. De rares passants marchent à l'ombre des maisons. Autour des fontaines quelques enfants jouent à s'éclabousser d'eau. Des odeurs de repas, de poissons et d'eau de vaisselle traînent dans les ruelles.

« Pauvre Trifon ! songe Titus. Il doit être désespéré ! Se retrouver esclave et acteur ! »

*
* *

Dans la rue des Étrusques, retentissent de bruyants éclats de rire. Titus hâte le pas vers un attroupement de badauds face à la boutique d'un cordonnier. Au pied de l'immeuble, se déroule un curieux spectacle : Mirabella, déguisée en Hannibal, un bandeau sur l'œil, à cheval sur un petit éléphant fait de tissu bourré de laine, scrute l'horizon. Puis elle secoue la tête, fouette l'éléphant et sort son épée. Surgit alors Trifon, habillé en soldat romain, la tête recouverte d'une peau de loup. Il se bat maladroitement contre Hannibal et finit par s'enfuir piteusement à quatre pattes. Mirabella-Hannibal persiste à combattre d'invisibles adversaires jusqu'à ce que Trifon revienne en général, un vieux tissu rouge sur le dos en guise de manteau consulaire. Il tend son glaive et transperce Hannibal qui meurt dans de grands gestes pathétiques.

Les spectateurs applaudissent. Les deux acteurs saluent et se retirent derrière l'escalier pour enlever leurs déguisements. Trifon, le crâne déjà rasé, accueille son frère avec un grand sourire.

« Tu as entendu les applaudissements ! Cela t'a plu ? »

Et constatant la mine renfrognée et sévère de son jumeau, il demande :

« Pourquoi es-tu si maussade ? Qu'ai-je fait de mal ?

— Quand donc te conduiras-tu dignement

comme un Romain ? On n'improvise pas de mimes n'importe quand et n'importe où, mais seulement pendant les jeux. Mirabella, tu devrais le savoir ! Pourquoi l'as-tu laissé faire ! »

La jeune esclave se fâche :

« Tu es vraiment désagréable, pénible et méchant ! Et toi, pourquoi viens-tu faire la leçon à ton frère ? S'il se retrouve esclave, c'est parce qu'il t'a ramené à Rome. Alors, ne viens pas l'assommer avec des discours malfaisants ! Laisse-le s'amuser puisque tu ne peux rien faire d'autre pour lui.

— Sache, Mirabella, que mon but est d'obtenir pour Trifon le nom sacré et glorieux de citoyen romain. Pour cela il doit apprendre à respecter les lois et les coutumes de notre patrie. Tu ne comprends donc pas qu'il est mon frère ?

— Pour le moment, il est surtout un garçon malheureux et humilié. »

Et devant la figure stupéfaite de son interlocuteur, elle ajoute :

« J'ai dit ce que je pensais. J'ai fini. »

*
* *

« Mirabella, tu as changé ! déclare Dromon d'un ton boudeur.

— Qu'est-ce que tu racontes ? Je suis toujours la même. Même nez, même bouche, mêmes yeux...

— Des yeux qui regardent trop Trifon.

— De qui parles-tu ?

— De toi. Crois-moi, tu ne quittes plus ce garçon. »

Mirabella prend un ton exagérément sérieux.

« Nous travaillons. Nous faisons tous deux partie de la troupe Pappi et devons inventer un spectacle ensemble pour les jeux romains.

— Funeste revers de fortune ! Inconstance du destin ! Je sauve Trifon des combats de l'arène, et maintenant ce même Trifon me broie le cœur, me chauffe la bile, me...

— Dromon, mon canard, mon pigeon, mon petit vautour, ne sois pas stupide. Pour être un bon mime, je dois regarder les gens, examiner leurs bras, leurs têtes, les jambes, leurs gestes.

— Et pour examiner tout cela, tu as besoin de Trifon ?

— Oui. Avec lui je peux aller dans tous les quartiers de Rome sans danger. Et toi, mon petit lièvre, as-tu fini d'écrire ta pièce ?

— Comment veux-tu que j'écrive quand mon cœur est déchiré par la jalousie ? Je n'ai plus d'idées. Toutes mes pensées s'envolent vers toi, comme un long vol funèbre de corbeaux noirs et gémissants. »

Mirabella l'embrasse sur le bout du nez.

« Alors écris une pièce sur un jaloux ridicule, dont les pensées s'envolent comme un long vol funèbre de corbeaux noirs et gémissants. Maintenant j'ai assez perdu de temps à bavarder. Porte-toi bien. »

*
* *

Le jour du marché les rumeurs vont bon train.

« Deux légionnaires sont arrivés à Rome dans la nuit.

— Qui sont-ils ?

— Le jeune Furius et le dernier fils Manlius. Ils ont annoncé une nouvelle victoire d'Hannibal, une nouvelle défaite de nos légions.

— Mais pourquoi sommes-nous toujours battus ! s'exclame une femme. Qu'avons-nous fait aux dieux ?

— Le Sénat ne fait pas son travail, explique un tanneur.

— Tu dis n'importe quoi, reprend la femme. Les sénateurs ne cessent de délibérer. Ils sont en ce moment même à la Curie.

— Ils vont encore augmenter les impôts ! Quelle misère !

— De quoi te plains-tu ? Tu es trop pauvre pour en payer ! Et si l'on veut sauver la patrie, il faut bien se soumettre à la nécessité, reprend la femme.

— Les voilà ! Les sénateurs sortent ! Ils ont été rapides aujourd'hui ! »

En effet, le préteur Pomponius monte à la tribune aux harangues et déclare :

« Au nom du Sénat et du Peuple romain, pour lutter contre les graves dangers auxquels se trouve confrontée la République, les citoyens éliront un dictateur et un maître de la cavalerie[1]. L'élection aura lieu dans trois neuvaines. »

En longue file, les citoyens vont lire sur les tableaux de bois blanchis les noms des candidats. Parmi ceux-ci, Quintus Fabius Maximus, ancien consul, et Marcus Minucius Rufus.

*
* *

Le jour du vote, un drapeau rouge flotte sur le Capitole, un autre sur la colline du Janicule, et la trompette rappelle à tous, artisans et paysans, gens de la ville et de la banlieue, leur devoir de citoyen. Dès la première lueur du jour, un crieur public s'époumone sur les remparts de la ville :

« Après avoir pris les auspices et demandé l'avis du ciel, le magistrat convoque les Romains à choisir un dictateur et un maître de la cavalerie. »

Dans le champ de Mars, les citoyens se dirigent

---

1. En cas de grave danger, un dictateur peut être nommé pour six mois. Traditionnellement, il est nommé par le consul et choisit lui-même son maître de la cavalerie. Exceptionnellement, cette année-là (- 217), le consul étant absent et fort éloigné, c'est le peuple qui, pour la première fois, élut le dictateur et le maître de la cavalerie.

vers la Ferme publique où les esclaves ont dressé l'enceinte électorale. L'estrade, espace sacré réservé au vote, est protégée par un dais. En contrebas, un *parc à moutons,* long rectangle délimité par des barrières de bois, comprend des travées où les votants attendent leur tour. Sur l'estrade, le magistrat s'adresse d'abord aux dieux :

« Dieux immortels, selon la tradition de nos ancêtres, je vous prie pour que ce vote soit un gage de bonheur et de succès. Qu'il assure au peuple de Rome la paix et la tranquillité. »

Puis il se tourne vers les citoyens :

« Voulez-vous, Romains, choisir pour les six mois qui viennent un dictateur et un maître de la cavalerie ? »

Titus pousse Furius du coude :

« Regarde Minucius Rufus, il a blanchi[1] sa toge dans l'espoir d'être élu. Quelle ambition ridicule !

— Pourquoi ridicule ? réplique Furius. Parce qu'il vient de la plèbe ? À t'entendre, il n'y a que les nobles qui soient honnêtes et courageux.

— Ton Minucius, en tout cas, est un dangereux excité !

— Ton Fabius, un timoré ! Ce serait une catastrophe qu'il soit dictateur ! »

Le magistrat fait d'abord voter les citoyens les

---

1. *Candidate* : blanchir. Être *candidus,* très blanc, c'est être candidat.

plus riches qui composent la première classe. Ceux-ci sont divisés en quatre-vingt-dix-huit centuries[1]. Aussi le magistrat fait-il tourner dans l'urne ronde quatre-vingt-dix-huit boules numérotées avant d'en choisir une. Il annonce, et le héraut répète :

« Le sort désigne, pour voter la première, la seizième centurie. »

Titus, tout content, monte sur la passerelle qui conduit à l'estrade sacrée et se dirige vers un sénateur.

« Je vote pour Fabius Maximus comme dictateur. »

Le sénateur met un point en face du nom de Fabius.

Lorsque tous les électeurs de la seizième centurie ont voté, le magistrat proclame :

« La centurie prérogative[2] a choisi Fabius Maximus comme dictateur et Minucius comme maître de la cavalerie. C'est un signe de la volonté des dieux. »

La majorité est vite atteinte car la plupart des centuries de la première classe et une dizaine de la seconde classe ont choisi Fabius comme dictateur. Le magistrat lève la séance. Furius est indigné :

---

1. La population de Rome est divisée, selon la richesse, en six classes. Ces classes sont elles-mêmes divisées en centuries, au nombre de 193. La première classe en comprend 98 (18 pour les chevaliers, et 80 pour les autres). Cf. « Un peu d'histoire ».

2. La centurie prérogative est le nom donné à la centurie que le sort a choisie pour voter en premier.

« C'est chaque fois la même chose. Je n'arrive jamais à voter, car la majorité est acquise avant qu'on appelle la troisième classe.

— Tu n'as qu'à t'enrichir, dit Titus en riant. Alors tu voteras en premier.

— Un jour des consuls énergiques venant de la plèbe changeront la loi électorale », bougonne Furius.

*
* *

Mirabella revient du Forum en courant :

« Pappus ! Trifon ! Les jeux romains seront magnifiques cette année.

— Comment le sais-tu ? demande le chef de la troupe.

— Le dictateur a consulté les dieux sur la raison de leur colère. Ils demandent des jeux prestigieux, des lits de parades, un temple consacré à l'Intelligence, un autre à la déesse... j'ai oublié laquelle.

— Tout cela parce que vous avez perdu quelques batailles ? s'étonne Trifon.

— Pauvre Trifon ! Tout citoyen romain sait que si les dieux abandonnent Rome et ses Pénates, la Cité perdra sa puissance.

— Qu'attendez-vous ? s'impatiente Pappus. Partez et trouvez des idées pour les jeux. Il n'y a pas de temps à perdre.

— Allons nous promener sur la voie Appia, suggère Mirabella. Je te montrerai ton grand-père. »

Sur la voie Appia, entourée de chaque côté par des tombeaux, Mirabella s'arrête devant un pilier surmonté d'un buste.

« Tu lui ressembles, constate-t-elle. La bouche et le menton surtout. Heureusement, tu es plus amusant que lui. Lis-moi ce qui est écrit.

— Aulus Pomponius Capitolinus. Édile, préteur, censeur, consul, il fut parmi vous. Ce monument est exclu de l'héritage.

— Qu'est-ce que l'héritage ?

— Je l'ignore. Rentrons. Nous n'avons rien trouvé d'intéressant. »

Les deux jeunes gens reviennent par la porte Trigemina, repaire habituel des clochards. Ils sont une quinzaine, étalés dans la poussière, à écouter un de leurs camarades baragouiner une histoire. Soudain, le bavard se lève :

« Voici notre bienfaiteur ! »

Les autres s'exclament à leur tour :

« Salut, soutien des infortunés !

— Salut, providence des miséreux !

— Père des malheureux, je te salue ! »

Le nouveau venu, mince et nerveux, vêtu d'une belle tunique de lin, s'approche des clochards. L'un d'entre eux apporte un tabouret crasseux :

« Voici, soutien des pauvres, ta chaise curule. »

189

Trifon et Mirabella se dissimulent dans l'obscurité d'un corridor, tandis que l'homme se détache dans la lumière du soleil.

« Il a les yeux couleur de cresson, remarque Mirabella.

— Chut ! Écoute. »

L'homme s'installe et d'un ton négligent remarque :

« Il s'en passe des choses à Rome, en ce moment !

— Tu peux dire que les sénateurs et les prêtres s'agitent comme des poulets affamés ! dit l'un.

— Les dieux veulent être nourris mais ne songent guère aux clochards ! commente un deuxième.

— Peut-être qu'ils ne nous aiment pas, les dieux, remarque tristement un autre.

— J'en connais deux qui ne s'aiment pas non plus, ajoute un petit pustuleux : le patricien Fabius, et le plébéien Minucius.

— Pourquoi cela ? » demande l'homme.

Les clochards se jettent des coups d'œil furtifs, puis, volubiles, parlent à voix basse. Un peu plus tard, l'homme se lève, donne à chacun une pièce de un as, et emprunte la porte pour sortir de la Ville.

« Suivons-le », dit Trifon.

L'homme aux yeux couleur de cresson longe le chemin entre les remparts et le Tibre, puis s'engage à droite dans un sentier. Non loin du fleuve, il traverse un bosquet de saules, franchit un fouillis de ronces, au milieu duquel est dissimulée une cabane de planches.

L'homme laisse la porte ouverte pour profiter des dernières clartés du jour. Dans la pénombre, il prend une tablette de cire sur laquelle il écrit. Puis il ferme la tablette avec une cordelette.

« Quel beau sujet de mime ! » chuchote Mirabella.

L'homme empoigne ensuite un seau de bois vide et s'éloigne vers le fleuve. Aussitôt Trifon pénètre dans la cabane et s'empare de la tablette.

« Qu'est-ce qu'il a écrit ?

— Je n'arrive pas à lire, il fait trop sombre.

— Dépêchons-nous de rentrer avant que ne ferment les portes de la ville. »

*
* *

La nuit est tombée lorsque Trifon frappe à la porte de la maison de l'édile Stilo.

« Holà ! Quelqu'un pour ouvrir ?

— Qu'est-ce que c'est ? demande la voix endormie du portier.

— Trifon et Mirabella.

— Que se passe-t-il ? Rome brûle-t-elle ?

— Ouvre, c'est important ! »

Le portier tire les deux verrous qui grincent désagréablement.

« Titus est-il là ?

— Je l'ignore.

— Va vite réveiller Dromon, insiste Mirabella.

— Certainement pas. Il se mettra en colère. Vas-y toi-même. »

Un flambeau éclaire faiblement l'atrium.

« Laisse-moi faire », dit Mirabella qui entre dans la chambre de Dromon.

L'esclave grec ouvre des yeux ravis.

« Dieux immortels, est-ce un rêve ? Mirabella au milieu de la nuit !

— Je t'apporte...

— Ma colombe, tu m'apportes ton cœur !

— Non, une tablette. »

Dromon s'assied brusquement :

« Pour quoi faire, une tablette ?

— Pour la lire.

— Mon petit miel, que tu es amusante ! Tu me réveilles pour me faire lire. »

Dromon allume une lampe et dénoue le cordon de la tablette.

« Est-ce un poème d'amour ?

— Trifon t'expliquera. »

Dromon change de visage.

« Que vient faire ici Trifon ? Voilà une impertinente histoire. Trifon est avec toi, la nuit, dans la

Les Mendiants
De La Porte
Trigemina

maison de mon maître ? Veux-tu que je me fâche ? D'ailleurs, je me fâche. Va-t'en. »

Titus et Trifon apparaissent à la porte.

« Lis-tu quelque chose ? » demandent-ils en chœur.

Dromon, par curiosité et malgré sa mauvaise humeur, ouvre la tablette et grommelle :

« Tous les trois, vous vous payez ma tête. Cette tablette est vierge.

— Nous avons pourtant vu un homme écrire dessus », affirme Trifon.

Titus examine à son tour la tablette toute blanche qui passe de main en main.

« C'est bizarre, constate Mirabella. C'est même incompréhensible. Je l'ai vu prendre cette tige de roseau, la tremper...

— La tremper dans quoi ? s'enquiert Dromon.

— Dans de l'encre, certainement. On voyait mal, le soir tombait.

— Attendez », dit Dromon en sautant du lit.

Il traverse en courant l'atrium et se dirige vers la cuisine. Là il prend un peu de poudre de charbon sur un brasero et l'étale sur la cire. Des signes apparaissent petit à petit. Dromon sourit de satisfaction :

« Il a écrit avec du lait, pour que ce soit invisible. »

Titus s'empare de la tablette.

« C'est écrit en grec !

— Traduis, Titus, s'impatiente Mirabella.

— "LES ROMAINS ONT ÉLU COMME DICTATEUR L'ANCIEN CONSUL QUINTUS FABIUS MAXIMUS, ET COMME CHEF DE LA CAVALERIE MARCUS MINUCIUS RUFUS. FABIUS EST D'UN TEMPÉRAMENT CALME ET PONDÉRÉ. IL CHERCHERA À HARCELER TES TROUPES ET À ÉVITER UNE BATAILLE RANGÉE. MINUCIUS AU CONTRAIRE EST IMPATIENT ET AMBITIEUX. TU POURRAS FACILEMENT L'OBLIGER À COMBATTRE, LÀ ET OÙ CELA TE CONVIENDRA. LES DEUX CHEFS NE S'ENTENDENT PAS."

— Le méchant homme ! s'exclame Mirabella. À qui écrit-il ces vilenies ?

— Certainement à Hannibal. Il doit être un espion carthaginois », conclut Titus.

Puis, se tournant avec un large sourire vers Trifon :

« Frère, voilà enfin l'occasion de te conduire en Romain ! »

*
* *

Le lendemain, dès l'ouverture des portes de la Ville, les deux frères courent vers la cachette de l'espion. Une légère fumée s'élève au-dessus des saules.

« Il est là ! » murmure Trifon, enthousiaste.

Tous deux, prêts à bondir, écartent silencieusement les ronces et brusquement s'arrêtent : à leurs pieds, quelques planches finissent de se consumer sur un tas de braises.

« Il s'est enfui !

— Le bonhomme est prudent, remarque Titus. Il efface les traces de son passage. Ce sera difficile de le retrouver. »

Piteusement les jumeaux rebroussent chemin. Trifon est envahi par le découragement.

« Jamais je n'arriverai à devenir citoyen romain.

— Aie confiance en Castor et Pollux. Et surtout, ne commets pas d'imprudence. Conduis-toi avec mesure en respectant la discipline. »

*
* *

Dans l'élégant péristyle, un esclave range la cuvette et le rasoir et Papirius Stilo examine son menton dans un miroir de bronze.

« Te voilà enfin, dit-il en découvrant Titus qui s'approche, une feuille de saule dans les cheveux. D'où viens-tu ? Ce n'est guère le moment de courir la nuit dans les rues de Rome. J'ai besoin de toi de l'aube à la tombée du jour. As-tu oublié que je dois organiser tout ce que les dieux réclament ? »

Dromon opine de la tête :

« Les immortels ne songent guère au travail qu'ils donnent à l'édile curule : veiller à la construction des nouveaux temples, prévoir les lectisternes, organiser les jeux... »

Dromon coiffe son maître en continuant ses commentaires :

« Ils oublient parfois que Papirius Stilo n'est qu'un homme. Un homme remarquable, certes, mais rien qu'un homme. Heureusement, maître, que Titus est là pour te seconder.

— Je compte aussi sur toi, Dromon.

— Impossible, je dois écrire ma pièce !

— Elle n'est pas encore finie ! s'indigne Stilo. Cela fait des mois que tu écris cette comédie !

— C'est qu'à peine en ai-je commencé une, qu'une autre me vient à l'esprit, plus facétieuse encore. Cette nuit, par exemple, j'ai songé à écrire une comédie ayant pour sujet une tablette de cire. »

Stilo se lève et tend son bras gauche pour que l'esclave drape la toge.

« Faut-il vraiment toutes les heures du jour et toutes les heures de la nuit pour inventer une pièce de théâtre ?

— Il le faut. Certes, je préférerais rester constamment auprès de toi, mais un bon esclave ne pense pas à lui-même. Il ne songe qu'à l'intérêt de son maître. Et ton intérêt est que j'écrive une bonne pièce qui te gagnera la faveur du peuple. Ainsi tu seras élu aux plus hautes magistratures ! »

Stilo réajuste le pan de sa toge en murmurant :

« La peste soit de ce fainéant dont j'ai pourtant besoin. »

Puis, se tournant vers Titus.

« Viens avec moi. »

Titus chuchote à Dromon :

« Nous n'avons pas trouvé l'espion. »

*
* *

Quelques jours plus tard, installés sous un hêtre au sommet du mont Palatin, Trifon et Mirabella regardent les dernières étoiles pâlir dans le ciel. De la campagne environnante parviennent des mugissements.

« Crois-tu que le maître des dieux soit vraiment content de tout ce tintamarre ? demande Mirabella, en montrant sur la colline qui leur fait face la grande statue rouge de Jupiter devant le temple recouvert de céramique multicolore.

— Certainement ! »

Mirabella soupire.

« Trifon, tu n'es plus drôle depuis que tu cherches à te conduire en Romain.

— Je fais tellement d'efforts, ma petite Mirabella. Avant de dire ce que je pense, de faire ce que je désire, je réfléchis : Trifon, me dis-je, agis-tu conformément à la discipline romaine ?

— Ce doit être fatigant ! »

— Crois-moi, c'est épuisant. Mais si un jour je deviens citoyen romain...

— Tu n'en feras plus qu'à ta tête. »

Trifon rit :

« Si Titus le permet. »

Quand le soleil apparaît derrière le Quirinal et illumine la vallée du Forum, la procession débouche sur la Voie sacrée. Une jeune fille tire un taureau aux cornes dorées et ornées de rubans. Derrière elle, s'avance une autre jeune fille et un autre taureau. Elles sont bientôt une cinquantaine à encombrer la Voie.

« On sacrifie tant de taureaux ? s'étonne Trifon.

— Davantage encore. Il en faut plus de cent pour convaincre les dieux de défendre Rome contre Carthage. »

La foule se masse sur les places et dans les rues étroites. Derrière l'autel dressé sur les marches du temple de Jupiter, se prépare le sacrifice. Des licteurs accompagnent le flamine[1] de Jupiter, reconnaissable à son chapeau conique de cuir blanc, tandis que les flûtistes entament une mélodie. Lorsque le sacrificateur relève sur sa tête un pan de sa toge jaune, le premier taureau monte vers le temple, baisse le museau pour s'abreuver et acquiescer à son immolation. Sur son crâne, une vestale en manteau

---

1. Prêtre attaché au service d'une divinité.

pourpre dépose un gâteau sacré. Alors le sacrificateur lève sa hache et frappe la nuque. Le taureau pousse un cri. Les femmes aussi. On recueille le sang, on découpe la bête, on fait griller les morceaux. Puis s'avance le deuxième taureau.

Trifon se lève.

« Que fais-tu ? demande Mirabella.

— Je m'en vais. Cela m'ennuie de voir cent fois la même chose. Et je dois retrouver l'espion.

— Dans cette foule ! Autant chercher une bague dans le Tibre ! »

Puis voyant Trifon s'éloigner, elle essuie une larme.

« Sotte que je suis de pleurer, songe-t-elle. Depuis que son unique préoccupation est de devenir citoyen, Trifon n'a plus de temps à perdre pour bavarder avec moi. »

9

Les jeux romains

Papirius Stilo essuie la sueur de son front et soupire de soulagement. Tout va bien. Les magistrats de Rome sont là, éparpillés dans la foule qui se presse devant les tréteaux du théâtre. Titus a bien convoqué les vendeurs de pois chiches, les vendeurs d'eau et les esclaves qui aspergent le sol d'eau parfumée au safran. Pourvu que le vent ne soit pas trop violent et ne renverse pas le décor ! Le théâtre a été monté si vite ! Voilà la femme de Pomponius qui arrive avec ses cinq filles. « Que de bijoux sur les mains et sur le cou de cette femme-là ! Il faudra faire une loi contre tout ce luxe. Et ces autres, là-bas, qui apportent leur tabouret pour s'asseoir ! Quelle indolence ! »

Sur l'estrade de bois, Pappus s'avance en balançant ses longs bras :

« Je vous salue, vous, les meilleurs des spectateurs. Je suis heureux de vous présenter, à l'occasion des jeux romains, une nouvelle comédie, mimée, parlée et chantée, qui s'intitule la *Comédie de la tablette*. J'espère qu'elle distraira les dieux et vous divertira. Aussi je vous prie de m'indiquer, dès maintenant, que vous m'êtes favorables. »

Titus applaudit le premier. Le public, debout sur la place du Marché-aux-Bœufs, applaudit à son tour et Trifon entre en scène, vêtu d'une longue tunique carthaginoise. Il traverse l'estrade avec beaucoup d'arrogance et s'arrête devant un acteur assis par terre, habillé de loques et la figure couverte de pustules.

« Misérable, n'aurais-tu pas entendu quelques propos fâcheux sur les magistrats romains ? » demande-t-il.

Le petit pustuleux prend un air affolé :

« Nos magistrats n'ont que des vertus !

— Diras-tu la même chose si je te fouette avec des verges. »

Le petit pustuleux s'adresse au public :

« Et vous, merveilleux spectateurs, si je dis la

vérité sur nos magistrats, me donnerez-vous du bâton ?

— Oui ! crie Dromon dans l'assistance.

— Alors je préfère dire la vérité à voix basse. »

Et le petit pustuleux murmure quelques paroles dans l'oreille de Trifon qui lui jette une pièce de un as en déclarant :

« Voilà le prix de tes renseignements. »

Trifon va s'asseoir dans un coin de l'estrade, prend une tablette de cire sur laquelle il écrit une longue phrase, puis s'endort. Mirabella arrive à pas menus, tourne prudemment autour de Trifon endormi et vole la tablette. Elle regarde l'assistance en faisant « chut » du doigt et soudain s'écrie :

« L'homme aux yeux couleur de cresson ! »

Trifon bondit sur ses pieds :

« Où est-il ?

— Là, indique Mirabella en montrant un homme qui se faufile dans la foule.

— À nous deux, par Pollux, s'écrie Trifon en sautant de l'estrade.

— À nous deux, par Castor », répond Titus.

Les deux frères bousculent le public, tandis que les spectateurs sifflent, crient, trépignent pour manifester leur mécontentement. Pappus s'époumone :

« Spectateurs, spectateurs, je vous en prie, du calme ! du silence ! »

Mais les spectateurs ne s'apaisent point et continuent à réclamer :

« Trifon ! Trifon ! *La Comédie de la tablette* ! »

Pappus lève des bras impuissants et tente de calmer le tumulte en annonçant :

« Et maintenant voici le chanteur Bucco ! »

Un bonhomme, petit et gros, arrive en marchant sur ses mains. Avec une légèreté inattendue, il fait trois pirouettes, se retrouve sur ses pieds, et menace :

« Silence ou je crie ! »

Il pousse alors un cri si puissant, si profond, que les spectateurs rient et se taisent. Bucco commence une chanson :

« *Quand une femme ne bavarde plus*
son mari entend les oiseaux,
quand une femme ne ronfle plus
son mari entend les poissons. »

Derrière le décor de bois peint, l'entrepreneur de spectacles et l'édile curule, aussi furieux l'un que l'autre, saisissent Dromon par les épaules.

« Traître, dit Stilo, quelle sorte de comédie as-tu écrite là ?

— Misérable ! s'exclame Pappus, quelle sorte de comédien m'as-tu fait acheter ?

— Je suis déshonoré, gémit Stilo.

— Je suis ruiné, geint Pappus.

— Plus personne n'élira Papirius Stilo comme magistrat.

— Plus personne n'engagera la troupe Pappi. »

Dromon lève ses mains vers le ciel :

« Espérance divine, vois comment mes bons conseils engendrent l'ingratitude ! »

*
* *

L'homme aux yeux couleur de cresson court de ruelle en ruelle pour échapper à ses deux poursuivants. En haut de la rue des fabricants de jougs, il se précipite vers le Forum. Les deux frères débouchent à leur tour sur la place et s'arrêtent, désemparés.

« Par Castor, où est-il donc passé ? » s'exclame Titus.

Le Forum en effet est désert. Les promeneurs, les marchands ambulants, les bavards habituels sont partis vers le forum aux bœufs où se tient le théâtre. Et l'espion a disparu.

« Il ne s'est pourtant pas envolé ! Cherche-le à gauche, je chercherai à droite », décide Titus.

Mais autour du temple de Vesta, du temple de Saturne, du temple de Janus, du portique des Douze Dieux, des boutiques vieilles et neuves, de la Curie, des Comices, il n'y a nulle trace d'espion. Trifon monte sur la tribune aux harangues pour scruter les toits et les terrasses tandis que Titus continue à arpenter la place. Soudain, il lui semble entendre marcher derrière lui. Il se retourne. Personne.

« J'ai rêvé », songe-t-il.

Pourtant, toute proche, bruit une longue respiration.

« Par Castor, je ne rêve pas ! Quelqu'un se trouve tout près de moi. »

Une idée fulgurante lui traverse l'esprit : l'égout ! L'homme s'est caché dans le grand égout[1] ! Titus examine avec attention l'eau trouble et malodorante qui s'écoule à côté de lui. Une trentaine de pieds plus loin, une tête aux cheveux poisseux émerge puis replonge dans le liquide glauque.

« Trifon, je l'ai trouvé ! Il cherche à s'évader par le Tibre ! »

Les deux frères courent pour tirer l'homme hors de l'eau. Celui-ci se défend avec une prodigieuse énergie, les éclabousse d'eau gluante, les couvre de jurons.

« Par Pollux, il m'énerve », s'impatiente Trifon qui lui assène un bon coup sur la nuque.

L'espion, sans connaissance, est hissé et jeté sur le sol.

---

1. *Cloaca maxima.* Le grand égout longe l'Argilète pour évacuer les eaux qui descendent de l'Esquilin, du Viminal et du Quirinal. Il traverse ensuite le Forum et rejoint le Tibre par la rue Étrusque. Il n'a été recouvert que progressivement.

« Qu'est-ce qu'on en fait ? On le tue ? propose Trifon.

— Ne sois pas si impulsif ! se fâche Titus. Réfléchis donc, avant d'agir, demande-toi si ton idée est conforme aux lois de la Cité ! Dans ce cas précis, elle ne l'est pas. On ne tue pas à Rome sans procès et sans décision d'un magistrat ! Ce serait un crime contraire à la loi.

— Ah ! bon, concède Trifon, à la fois agacé et peiné. Alors où l'emmène-t-on ?

— Aujourd'hui est un jour de fête pour les dieux qu'il ne faut pas troubler. Nous cacherons l'espion et attendrons demain.

— Où veux-tu le cacher dans cette ville grouillante de monde ? Et que ferons-nous s'il s'enfuit ?

— J'ai mon idée. Surtout, garde le secret sur toute cette affaire. »

*
* *

Trifon est heureux ! Il a réussi avec son frère une entreprise digne d'un citoyen romain. Son père aura enfin confiance en lui ! Pomponius l'acceptera comme son fils dès qu'il apprendra l'arrestation de l'espion carthaginois ! Et avec un sourire triomphant, Trifon rejoint son maître qui sort de son lit.

« Malheureux, s'écrie Pappus en l'apercevant, tu oses revenir l'air content !

— Je le suis, en effet.

— Bonne foi des citoyens, tu entends ! Voilà un acteur que j'ai bien traité, bien nourri, bien logé, qui m'abandonne en plein spectacle, me ridiculise, me ruine, me condamne au déshonneur et cependant est heureux ! Sache que, par ta faute, la misère sera dorénavant mon unique compagne.

— Et pourquoi donc ?

— Parce que l'édile Papirius Stilo me fait un procès. Il veut que je rembourse l'argent qu'il m'a donné pour la comédie ! Il dit que les dieux n'ont jamais connu une telle offense ! Il dit que j'ai brisé sa carrière ! Il dit, il dit...

— Je vais tout t'expliquer, interrompt Trifon, consterné par toutes ces catastrophes.

— Qu'as-tu à m'expliquer, misérable ? D'ailleurs, je ne veux plus t'entendre. Viens avec moi chez le préteur. Le jour se lève.

— Pourquoi dois-je me rendre chez le préteur ? On va me faire un procès ?

— Hélas, non ! Bonne foi, entends-le ! Ce serait une bonne idée de juger un esclave au lieu de juger son maître. C'est moi, malheureux, qui serai jugé et condamné !

— Alors je n'ai pas besoin de venir !

— Tu m'obéis, misérable ! »

Trifon explose :

« Je ne comprends rien à ce que tu racontes : on me juge, on ne me juge pas, on me juge à nouveau, je ne sais pas pourquoi, tu m'insultes...

— Je t'ordonne de me suivre et non de discuter. »

*
* *

Ils sont nombreux sur le Forum à attendre, dès le petit matin, le procès suscité par l'escapade de Trifon dont les bravades audacieuses, fantaisistes et parfois répréhensibles passionnent le petit peuple. Lorsque Marcus Pomponius Capitolinus s'installe, près des boutiques vieilles, dans sa chaise curule, Papirius Stilo et Pappus s'avancent en même temps. L'édile parle avec éloquence :

« Pomponius, daigne écouter mes paroles avec un esprit bienveillant, afin que la vérité soit établie. En tant que responsable de l'organisation des jeux romains, j'accuse le directeur de la troupe Pappi de n'avoir pas fini de jouer la pièce que je lui avais commandée.

— Et toi, qu'as-tu à dire ? » demande le préteur à Pappus.

Celui-ci agite ses bras d'un air lamentable et balbutie :

« Tout ce que je peux dire, c'est que j'ai été stupide en achetant Trifon, esclave impudent, menteur, fourbe, capricieux, stupide, insolent, bavard... »

L'assistance murmure. Pomponius, imperturbable, demande :

« N'as-tu personne, Pappus, qui te serve d'avocat ? »

Après un moment de silence, Titus s'avance :

« Je serai son avocat[1] », déclare-t-il.

À nouveau les badauds s'empressent de commenter à voix basse la confrontation du fils et du père. Pomponius ne laisse rien paraître de sa surprise.

« Que l'assistance se taise, ordonne-t-il. Et toi, Titus Pomponius Capitolinus, qu'as-tu à dire pour la défense de l'entrepreneur de spectacles ?

— *La Comédie de la tablette* a été écrite dans un but précis : retrouver un ennemi de Rome qui se cache dans la ville.

— Mais je l'ignorais ! » s'exclame Stilo.

Le brouhaha recommence. Lorsque le calme se rétablit, Titus continue :

« Au cours de ce spectacle, Mirabella a repéré cet ennemi dans l'assistance. Trifon et moi l'avons poursuivi et attrapé.

— Qui est cet ennemi ? demande le préteur.

— Un espion carthaginois. »

---

1. Être avocat n'est pas un métier. Tout citoyen peut en défendre un autre. Généralement, les nobles défendent leurs partisans.

Murmures, cris de surprise, d'étonnement, d'indignation, redoublent.

« Comme preuve, voici cette tablette sur laquelle l'espion écrivit à Hannibal : LES ROMAINS ONT ÉLU COMME DICTATEUR L'ANCIEN CONSUL QUINTUS FABIUS MAXIMUS ET COMME CHEF DE LA CAVALERIE MARCUS MINUCIUS RUFUS. FABIUS EST D'UN TEMPÉRAMENT CALME ET PONDÉRÉ. IL CHERCHERA À HARCELER TES TROUPES ET ÉVITERA UNE BATAILLE RANGÉE. MINUCIUS AU CONTRAIRE EST IMPATIENT ET AMBITIEUX. TU POURRAS FACILEMENT L'OBLIGER À COMBATTRE LÀ OÙ CELA TE CONVIENDRA.

— Où se trouve cet espion ?

— Dans la maison de l'édile Papirius Stilo. »

Papirius devient rouge comme le manteau d'un consul.

« Tu oses avancer que je cache un espion carthaginois chez moi ?

— Oui, dans ta maison même. »

Impassible, le préteur ordonne :

« Que quatre gardes aillent chercher cet espion ! »

Dans la maison de Papirius Stilo, Dromon indique aux gardes le bassin qui se trouve au centre de l'atrium pour recevoir l'eau de pluie.

« Il est là-dessous. Dans la citerne. »

Les gardes extirpent l'homme aux yeux couleur

de cresson, trempé jusqu'au cou et le ramènent au Forum.

« À mort ! Traître ! Assassin ! » murmure-t-on de tous côtés.

Le préteur Pomponius prend la parole :

« Voilà mon jugement : l'espion carthaginois aura les deux mains coupées et sera renvoyé à Hannibal. L'esclave Trifon, lorsque le théâtre sera démonté, recevra cent coups de bâton pour avoir désobéi à son maître. La République remercie l'édile Papirius Stilo et l'entrepreneur de spectacles Pappus pour avoir contribué à la défense de la Cité. »

*
* *

Titus arpente nerveusement le Palatin dans l'air lourd de cette fin d'été. Il est préoccupé. Maintenant que tous les sacrifices, les prières, les jeux, les temples, ont été faits, organisés, construits, pour s'assurer la bienveillance des dieux, l'armée va repartir en campagne. Il est temps d'affronter Hannibal et de gagner une bataille avant l'hiver. Dans trois jours, le dictateur réorganisera les légions avec les rescapés de Trasimène et de nouvelles recrues pour remplacer les morts. Que deviendra Trifon ? Seront-ils contraints de se séparer, malgré leur serment devant le temple des Dioscures ? Ou bien Pomponius reconnaîtra-t-il enfin son fils ? Comment parler à son père ? Comment le convaincre ?

Soudain Titus se précipite vers le Forum, le traverse et s'engage sur le Quirinal. Il aperçoit bientôt Cornelia, qui, sous un manteau à capuchon, monte péniblement le raidillon de l'abrupte colline. Devant elle, les esclaves portent des coffres en bois et les cinq filles serrent dans leurs bras leurs poupées et leurs jouets. Titus rejoint Cornelia en courant :

« Salut, mère, j'ai appris que tu t'installais à Rome.

— Il le faut bien, mon garçon. Du lever au coucher du soleil, ton père se tient sur le Forum. Je ne peux plus jamais lui parler. Quel temps malheureux nous vivons ! Être obligée d'abandonner Tusculum pour ce petit pied-à-terre romain. Tu vois comme je suis essoufflée. Cette guerre ne finira donc jamais ! Ton père m'a dit qu'on augmentait les impôts pour payer de nouvelles légions. Où trouvera-t-on l'argent ? Où trouvera-t-on les soldats ?

— Exceptionnellement, on enrôlera des affranchis !

— Des affranchis ! Mais alors on enrôlera notre intendant ?

— Certainement. Il a moins de quarante-cinq ans.

— Qui s'occupera du domaine ! Qui surveillera les esclaves ! Junon, veux-tu que nous soyons ruinés ? »

Titus change le sujet de la conversation.

« Mère, j'ai besoin de ton aide. C'est au sujet de Trifon. Il faut qu'il parte avec moi faire la guerre, sinon j'aurai le cœur déchiré. Alors parle à mon père. Il t'écoute. Il tient compte de ce que tu dis. Rappelle-lui que Trifon m'a sauvé la vie, qu'il a prouvé sa fidélité à la République en arrêtant l'espion carthaginois. Explique-lui que Rome a besoin de soldats courageux comme lui. Dis-lui que j'aime mon frère, que tu l'aimes aussi... enfin dis-lui qu'il doit maintenant, tout de suite, le reconnaître comme son fils. »

Cornelia sourit :

« Quel avocat tu es devenu ! Mais ce frère a-t-il suffisamment appris à se conduire en citoyen romain, respectueux des lois et des coutumes ?

— Oui. Il fera honneur à notre famille. »

Titus embrasse les mains de sa mère.

« Je t'en supplie.

— Moi aussi je souhaite retrouver mes deux fils. Aie bon espoir, je t'aiderai. »

Et tandis qu'elle remonte en soufflant la pente du Quirinal, Titus lui crie :

« Tu es la meilleure des mères ! »

214

Dans sa petite chambre au troisième étage, Pappus frappe Trifon énergiquement.

« Grâce à ces coups de bâton, tu n'oublieras plus que tu dois obéir à ton maître en toutes circonstances.

— Arrête de frapper ! Le jugement du préteur est d'une incroyable stupidité ! commente Mirabella.

— Qui es-tu, toi, pour oser juger un juge ? Je dois, en bon Romain, respecter son avis. Je pense d'ailleurs qu'il a raison. Un esclave doit entière obéissance à son propriétaire. Et s'il envisage de lui désobéir pour le bien de la République, il doit l'en prévenir.

— Frappe moins fort », grogne le gros Bucco.

Pappus s'énerve :

« Bonne foi des citoyens ! On ne peut plus maintenant battre son esclave en paix sans que tous donnent leur avis comme des étourneaux ! »

Apercevant Pomponius sur le pas de sa porte, il laisse tomber son bâton.

« Je te salue ! dit-il. Te portes-tu bien ? Tu vois que j'exécute la sentence que tu m'as ordonnée. »

Le préteur, si souvent austère, montre un visage enjoué et presque malicieux.

« Tu es un bon affranchi, Pappus, dit-il. As-tu été content de cet esclave Trifon que je t'ai vendu. »

Pappus fait une petite moue.

« Il a certaines qualités, mais aussi certains défauts, un peu l'un, un peu l'autre.

— Tu ne l'avais pas payé cher ! remarque Pomponius.

— Non... non... mais il mange beaucoup. »

Pomponius a un grand sourire amusé : « Puisque tu n'en es qu'à moitié content, je te propose de le racheter.

— Tu veux l'acheter ?

— Je viens de te le dire. »

Pappus prend un air consterné.

« Tu me proposes de vendre mon plus célèbre acteur ! Autant me réduire à la misère et transformer ma troupe en chiens affamés ! Bonne foi, qu'ai-je fait pour mériter un tel malheur ?

— Dis-moi ton prix.

— C'est qu'après son départ, j'aurai du mal à le remplacer...

— Je t'en propose trente sesterces. »

Les yeux de Pappus brillent de plaisir, mais il s'empresse de prendre une mine renfrognée.

« La somme est importante, j'en conviens, mais je ne peux pas me séparer de lui. Je l'aime trop. »

Pomponius sourit à nouveau.

« Quarante sesterces. Si tu n'acceptes pas, je m'en

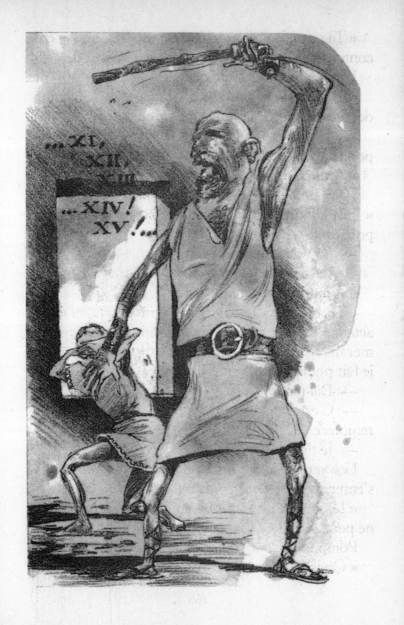

vais. Je comprendrais que tu ne veuilles pas te séparer d'un acteur aussi populaire. »

Pomponius fait mine de partir.

« Attends ! Attends ! s'écrie Pappus. Si j'accepte de le vendre, c'est seulement parce que toi, Pomponius, es sans doute son père. J'aime tant ce garçon que je veux son bonheur. Mais laisse-moi finir mes cent coups de bâton, sinon, je désobéirai au préteur que tu es.

— C'est inutile. »

Et se tournant vers Trifon :

« Viens, mon fils. Les dieux permettent enfin que nous nous retrouvions. C'est un grand bonheur pour moi. »

Trifon n'ose bouger, paralysé d'émotion. Mirabella, les larmes aux yeux, lui murmure :

« Allez, va, va vite retrouver ton père, ta famille, ta patrie. »

Trifon ferme les yeux de bonheur.

*
* *

« Mon fils, nous sommes revenus aujourd'hui à Tusculum, dans cette maison où tu es né, pour te présenter aux dieux du foyer et à nos ancêtres. Les dieux, dans leur bonté, n'ont pas voulu que tu meures et t'ont rendu à ta famille. Qu'ils en soient remerciés. »

Puis ouvrant les petites portes du laraire au-dessus de l'autel du foyer, il dit :

« Ô Lare, et vous, dieux Pénates, et toi, Génie de la famille, protégez mon fils Tiberius Pomponius Capitolinus Trifon en attendant que je le déclare, lors du prochain cens[1]. Qu'il se conduise avec vertu et mérite en tous lieux le titre de citoyen romain. »

Puis Pomponius dépose sur l'autel du foyer quelques grains de sel et un peu de bouillie d'orge. Les quatre petites filles offrent chacune un colchique et vont embrasser leur nouveau frère. Ensuite Pomponia, Cornelia et Titus l'embrassent à leur tour.

Dans un coin, la femme de l'intendant sanglote.

« Pourquoi ce chagrin ? demande Cornelia.

— Mon mari part dans six jours à la guerre.

— Nous protégerons ton mari ! dit Titus. Et nous t'enverrons de ses nouvelles. Elles seront certainement bonnes.

— Oh non, intervient Pomponia d'un ton sinistre. Les nouvelles ne seront pas bonnes. »

Titus murmure à son frère :

« Ne t'inquiète pas. Elle est mademoiselle catastrophe. »

---

1. Le cens a lieu tous les cinq ans. Il est établi par les censeurs qui recensent la population. Les habitants fournissent des renseignements sur leur famille (mariage, naissance, adoption, divorce, décès) et sur leur fortune. *Cf.* « Un peu d'histoire ».

Pomponius regarde sa fille avec gravité.

« Je t'annonce, Pomponia, que tu te maries dans deux jours avec Manlius. Rassemble tes poupées pour les offrir au Lare la veille de ton mariage.

— Pourquoi si vite ? s'indigne Cornelia. Je n'aurai même pas le temps de préparer sa robe, son voile, et de trouver des chaussures couleur de flamme. Pourquoi me préviens-tu au dernier moment ? Tu n'as aucune excuse car j'habite la plupart du temps à Rome, maintenant, et malgré cela, tu...

— Femme, tu fais trop de bruit. Pomponia se marie dans deux jours car Manlius part, comme tous les légionnaires, dans six jours pour l'armée. Son père a demandé que le mariage se fasse avant le départ. »

Trifon s'approche de Pomponia :

« Tu ne dis rien ?

— Je n'ai rien à dire. C'est à mon père de décider.

— Mais tu es contente ?

— Oui. Très contente. J'aime Manlius depuis longtemps. »

*
* *

Dans l'atrium de la maison du père de Manlius, se termine le banquet de noces.

Autour des tables, des gourmands mangent encore des calamars, des soles, des murènes, des seiches, ou se régalent des fruits de l'automne : pommes, poires, raisins, noix et châtaignes. D'autres puisent encore du vin dans les cratères avec une longue louche. Les petites filles courent en croquant des pois chiches grillés, des amandes, des gâteaux d'orge.

« Comme ma sœur est belle ! » songe Trifon.

Pomponia porte une tunique blanche, rehaussée par un voile couleur de flamme, assorti à sa ceinture et à ses chaussures. Ses cheveux sont séparés en six longues mèches, retenues par des bandeaux de laine. Solitaire, dans toute cette foule, elle sourit dans le vague.

« Ma sœur est vraiment surprenante, remarque Titus. Elle se marie, son époux la quitte dans quatre jours, et la voilà aussi tranquille qu'un pêcheur au bord du Tibre.

— L'étoile du berger se lève ! annonce Cornelia, qui, à la fenêtre, surveille le ciel. Ma fille, c'est le moment de partir. »

Pomponia se blottit dans les bras de sa mère puis s'en arrache avec violence pour suivre Manlius qui marche loin devant elle, accompagné de flûtistes et de porteurs de torches.

« Les flammes bondissent dans le vent ! commente Titus. C'est bon signe : Manlius restera amoureux.

— Être amoureux de sa femme n'a rien de réjouissant, réplique Furius. S'il se tourmente sans cesse pour lui faire plaisir, il n'aura plus le temps de penser à lui. Surtout avec madame catastrophe. »

Deux petits garçons conduisent Pomponia par la main. Tout le long du parcours, les amis, les voisins portent des couronnes de feuillage sur la tête. Au pied de la colline du Viminal, devant sa nouvelle maison, Manlius attend son épouse. Il la prend dans ses bras pour lui faire franchir le seuil et l'emmène jusqu'à l'autel. Devant les dieux Lare et Pénates de leur nouvelle famille, Pomponia prononce les paroles rituelles :

« Là où tu seras Gaius, je serai Gaia. »

Des femmes n'ayant connu qu'un seul mari viennent alors déshabiller Pomponia et l'installer dans le lit nuptial, situé dans l'atrium. Puis elles s'éloignent pour laisser entrer Manlius. Lorsque la porte se referme, et que les amis et parents s'en retournent chez eux, Trifon s'approche de son frère :

« Dis-moi, les catastrophes qu'annonce Pomponia se réalisent-elles ? »

10

Une bataille très attendue

En Campanie, l'automne paraît interminable aux légionnaires. Ils voient les jours décliner, les feuilles jaunir, les oiseaux partir vers le sud, sans qu'aucun combat leur permette d'affronter Hannibal.

« À nouveau, nous montons un camp pour rien, ronchonne Furius en coupant des branches pour construire la palissade. Ce n'est pas la guerre que nous faisons, c'est une promenade.

— Ainsi nous admirons les plaines de Campanie, réplique Titus au sommet d'un arbre. As-tu remarqué comme les vignobles et les vergers sont ici bien entretenus ?

— Je remarque surtout, paysan, que nous n'osons pas nous approcher du camp ennemi et nous contentons de le suivre, de coteau en coteau. Que sommes-nous donc pour redouter les Carthaginois ? Des poltrons, des craintifs ? Par Romulus, en ce moment j'ai honte d'être romain.

— Tu devrais être fier au contraire que Fabius ait la sagesse d'user la patience de l'adversaire.

— Je serais fier si ce dictateur prenait des risques au lieu de se conduire en lâche.

— Mieux vaut la prudence que la défaite.

— Sottises ! Mieux vaut la victoire que la prudence. Et ton frère, si prompt à la bagarre, que pense-t-il ?

— Mon frère ne songe qu'à apprendre l'obéissance et la discipline », répond prudemment Titus.

Furius repose sa hache et essuie son front trempé de sueur.

« Pourquoi alors est-il convoqué par Fabius ?

— Je n'en sais rien. »

*
* *

Assis dans sa chaise curule, entouré par le chef de la cavalerie Minucius et quelques centu-

224

rions, Fabius dévisage Trifon qui pénètre sous la tente.

« Je t'ai fait demander, dit-il, pour une mission délicate. L'automne avance et Hannibal va choisir la région où il établira son campement d'hiver. Je veux connaître ses projets.

— Mieux vaudrait livrer bataille tout de suite », grommelle Minucius.

Fabius fait semblant de ne pas entendre son chef de la cavalerie et continue son discours.

« Puisque tu as vécu avec les Gaulois dans le camp d'Hannibal, tu es le mieux placé pour les espionner. Tu partiras demain. »

Trifon reste un moment irrésolu.

« Tu hésites ? s'étonne Fabius.

— Non, non. Mais je voudrais partir avec mon frère car nous avons juré de ne jamais nous séparer.

— Est-ce bien raisonnable de risquer la vie de deux cavaliers au lieu d'un seul ? »

Trifon s'empresse de préciser :

« Mon frère connaît le grec. »

Fabius opine de la tête.

« Alors il nous sera utile. »

*
* *

Le lendemain après-midi, Titus et Trifon caracolent sur les coteaux de Campanie.

Lorsqu'ils ne sont plus qu'à deux miles du camp ennemi, ils descendent dans une ferme à moitié brûlée où ils attachent leurs chevaux. Trifon sort d'un sac des habits gaulois et les deux frères enlèvent leurs vêtements romains.

« À mon avis, dit Trifon en enfilant des braies, ces pantalons sont plus commodes à porter que la tunique. Qu'en penses-tu ?

— Je pense que ce n'est pas le moment de parler de vêtements.

— Tu n'es pas drôle.

— Je ne suis pas drôle car nous risquons notre vie. »

Trifon demande d'un ton moqueur :

« Préfères-tu mourir en braies ou en tunique ?

— Cesse tes balivernes. Je te rappelle notre plan.

— Tu me l'as déjà expliqué dix fois, comme si j'étais un demeuré. »

Puis regardant alentour, il conclut :

« La nuit commence à tomber. J'y vais. Que Castor te protège ! »

Titus suit des yeux, avec appréhension, son frère qui se dirige vers le camp carthaginois. Dans l'ombre montante du crépuscule, d'innombrables feux jettent leur tache de couleur, tandis que les corbeaux, attirés par l'odeur des viandes grillées, croassent de gourmandise.

Trifon s'approche du camp que gardent des Gaulois. Lorsqu'il n'est plus qu'à quelques centaines de pas, il agite ses bras en l'air et crie :

« Mes amis, me voilà ! Mes amis, quelle joie ! Loué soit Taranis, enfin je vous retrouve ! »

Lebœuf s'exclame.

« C'est Trifon ! Ça alors, quelle surprise ! Où étais-tu donc ?

— Prisonnier des Romains. Ce ne fut pas facile de m'échapper.

— Brave garçon, dit Lebœuf en le serrant dans ses bras. Je ne pensais plus te revoir. Tu sais que ton pauvre père, Virdomar, est mort.

— Je sais. Enfin... non... je ne sais pas ! Par Pollu... par Taranis, quel malheur. Dis-moi, comment est-il mort ?

— Dans les marais étrusques. Il ne songeait qu'à sauver la vie de ton jumeau romain, un dément qui voulait tuer Hannibal. Enfin, tu es là ! Nous passons des jours merveilleux à piller l'Italie. Cette nuit, nous fêterons magnifiquement ton retour. »

Pendant que les étoiles s'allument dans le ciel, Titus s'approche à son tour du camp carthaginois et attend le moment d'intervenir. Lorsque le cor sonne l'heure de la relève, il entend Trifon entonner un chant joyeux dont les Gaulois répètent chaque phrase :

> « *Les Gaulois sont en Ligurie,*
> *sont en Émilie, sont en Étrurie !*
> *Les Gaulois sont en Campanie,*
> *sont en Apulie, sont en Lucanie !*
> *Où sont-ils ? Les Gaulois ? Partout en Italie !*

Et profitant de leur exubérance et de leur enthousiasme, Titus se faufile parmi eux et pénètre à l'intérieur du camp. Là, il laisse Trifon s'éloigner avec Lebœuf et part de son côté à la recherche d'Hannibal. Mais plus il déambule à travers le campement, plus il est exaspéré par l'allègre insouciance des envahisseurs. Car ils sont joyeux, les mercenaires, depuis qu'ils sont en Italie, et ils profitent sans vergogne de leur victoire : moutons volés dans les champs, blé pillé dans les greniers, vin dérobé dans les fermes servent à leur festin, couvertures de laine tissées par les femmes de Campanie, chaussures de cuir, coussins de plumes servent à leur confort.

La lune est haute dans le ciel lorsque Titus découvre la tente pourpre d'Hannibal. Elle est largement ouverte et il ne peut s'empêcher d'admirer le visage fier, le regard étincelant du jeune général, assis par terre au milieu de ses amis. Autour de lui les chefs évoquent avec nostalgie la ville de Carthage, les vastes ports, les jardins d'Hamilcar, les quartiers de Salammbô, de Megara, le somptueux temple d'Eshmoun sur la colline de Byrsa.

« Tu ne dis rien, Hannibal ? s'étonne Magon.

— Je pense à ce général Fabius qui évite constamment la bataille et me refuse une victoire décisive.

— Beaucoup de Romains sont exaspérés par sa prudence, commente Maharbal. Ne te fais pas de souci, il devra changer de tactique.

— En attendant, je dois trouver de quoi nourrir mes soldats pendant l'hiver. Ici, c'est impossible, il n'y a que des fruits.

— Où veux-tu aller ?

— En Apulie. Là-bas, m'a-t-on dit, les greniers regorgent de blé et les étables sont encombrées de moutons et de bœufs. Nous aurons des provisions en abondance.

— Mais comment aller en Apulie ? demande Magon. Les Romains nous barrent la route. »

Hannibal éclate d'un rire juvénile et conquérant.

« Frère, as-tu perdu confiance dans l'étoile des Barcides ? As-tu oublié que je sais frapper comme la foudre ? J'ai déjà vaincu les Alpes et cette fois encore nous passerons par la montagne et étonnerons nos ennemis.

— Nous sommes si loin de Carthage, murmure Magon.

— Nous y reviendrons en héros. Maintenant, dormons. »

Titus s'éloigne à pas de loup et retraverse le camp pour chercher Trifon. Il déambule lentement et attend que les mercenaires s'endorment. Les conversations faiblissent, les feux deviennent braises, les premiers ronflements accompagnent les cris des hiboux. Bientôt tout est calme et silencieux. Seuls, au loin, des éclats de voix troublent encore la nuit. Titus hâte le pas vers cette agitation nocturne et s'arrête abasourdi. Au milieu d'un groupe de Gaulois, Trifon boit du vin à grandes gorgées et balbutie :

« Dans les prisons de Rome, il y a Mirabella.

— Il y a des femmes dans les prisons romaines ? s'étonne Lebœuf.

— Pas dans les prisons, dans les théâtres. Ah ! les théâtres avec les mimes et les musiciens ! »

Un Gaulois s'étonne à son tour :

« Les prisonniers vont au théâtre !

— Oh ! non. Les prisonniers, on leur coupe les mains s'ils sont espions ! Un jour, j'ai rencontré un espion au Forum. Dans un égout.

— Qu'est-ce qu'un égout !

— De l'eau sale qui va vers le Tibre, près de la cabane du manchot.

— Il est complètement ivre », conclut un Gaulois.

230

Lebœuf examine Trifon avec méfiance.

« Il est certainement ivre mais il semble bien connaître Rome.

— On lui a raconté. Il a une mémoire prodigieuse.

— C'est vrai, dit Lebœuf à moitié convaincu. Aurais-tu, par hasard, revu ton frère ? »

Trifon a un grand rire :

« À la vie, à la mort, par Pollux, non par Taranis. »

Lebœuf se lève, méfiant.

« Nous allons l'attacher pour la nuit et l'interrogerons demain. Je le soupçonne de nous cacher quelque chose. Maintenant, que chacun aille dormir. »

Tandis qu'il cherche une corde sous sa tente, il dresse l'oreille :

« Un rossignol ! Écoutez, les amis !

— Un rossignol en cette saison ! s'étonne un Gaulois.

— C'est justement ce qui m'intrigue ! explique Lebœuf dont le visage prend une expression menaçante. Je n'en connais que deux qui imitent si bien le rossignol. Si ce n'est pas lui, c'est donc son frère ! Celui-là m'a échappé dans les marais étrusques mais ne m'échappera pas une deuxième fois. En m'attendant, surveillez bien celui-ci. »

Lebœuf se dirige vers le chant d'oiseau. Titus, qui

espérait la brutale réaction de Lebœuf, sourit et s'éloigne à petits pas. Tout en sifflant, il tourne à droite, puis à gauche, et s'achemine vers un endroit désert qui sert de latrines.

« C'est un piège ! » songe soudain Lebœuf qui fait brusquement demi-tour et se met à courir.

Il ne court pas longtemps, car il trébuche sur un long bâton que Titus lui tend dans l'ombre et il s'aplatit par terre. Titus s'empresse de le bâillonner, de lui lier pieds et mains, et s'en retourne vers le bivouac des Gaulois.

Trifon dort bruyamment sur le sol. Près de lui, deux Gaulois, à moitié ivres, chantonnent :

« Les Gaulois sont en Ligurie,
sont en Émilie, sont en Étrurie,
Les Gaulois sont en Campanie,
sont en Apulie, sont en Lucanie !
Où sont-ils ? Les Gaulois ? Partout en Italie.

— Je vois deux Trifon ! constate l'un. Et toi ?

— J'en vois deux aussi. Par Taranis, je crois que nous avons bien bu ! »

Et tous deux sont pris d'un long fou rire. Pendant ce temps Titus jette une couverture sur le corps de son frère, le prend dans ses bras et se dirige vers une entrée du camp. Là, il ordonne d'un ton sec :

« Sur ordre d'Hannibal, laisse-moi sortir immédiatement. Je dois enterrer ce soldat pour éviter la contagion. »

Les gardes, effrayés par la perspective d'une maladie contagieuse, le laissent aussitôt sortir.

Dès qu'il est hors de vue, Titus laisse tomber son frère, remplit un seau d'eau abandonné près d'un puits et le lui jette à la figure.

« Abruti ! Imbécile ! Cervelle creuse ! Buveur de vin ! Bavard ! À cause de toi, nous avons failli être crucifiés ! »

Trifon ouvre des yeux affolés et s'écrie :

« Qu'ai-je fait ? Ai-je manqué à la discipline ? »

*
* *

Dans le camp romain, on ne parle plus que de bataille. Puisque Hannibal a l'intention de se rendre en Apulie, il devient facile de lui barrer le passage, d'autant plus que le jeune général prend de bizarres initiatives.

« Regarde où il a installé son camp, cet imprudent ! s'exclame Furius en montrant les tentes carthaginoises qui, à ses pieds, s'étendent entre les deux camps romains. Cette fois-ci nous allons l'écraser comme un pou ! »

Furius est intarissable sur la victoire à venir :

« Ils seront pris en tenaille ! Impossible de nous échapper ! Nous les écrabouillerons comme ils nous ont écrabouillés à Trasimène ! Enfin nous redeviendrons les dignes fils du dieu Mars. »

Manlius est moins convaincu :

« Titus a signalé qu'Hannibal voulait passer par la montagne pour éviter d'être écrasé comme un pou, justement.

— Je sais, je sais. Mais pour passer par la montagne, il doit d'abord emprunter le défilé qui grimpe, là-haut. Et nous l'en empêcherons. Moi, le premier, Manlius, car je suis envoyé avec les vélites de ma centurie pour défendre ce défilé. Crois-moi, pas un seul Carthaginois ne franchira ce passage. Ils resteront tous bloqués en bas, dans la plaine, à attendre gentiment que nous leur livrions bataille. »

Puis, souriant à Manlius, il ajoute :

« Je suis heureux ! Enfin nous allons nous battre ! »

*
* *

Au milieu de l'après-midi, la centurie de Furius s'installe dans le défilé. Le jour tombe vite, le soleil disparaît tôt derrière la montagne et l'obscurité envahit l'étroit passage. Les soldats préparent leur bivouac. Sur un feu, certains font cuire des châtaignes, d'autres grignotent des morceaux de fromage, des noix et du lard.

Furius et trois autres vélites sont chargés du premier tour de garde. Les étoiles, l'une après l'autre, commencent à piqueter le ciel de minuscules clartés, lorsque Furius s'écrie :

« Regardez ! Des feux qui bougent ! »

De petites flammes, en effet, courent en tous sens sur la montagne.

« Il y en aussi de l'autre côté ! » s'affole un vélite en montrant le versant opposé.

Au passage des feux ambulants, broussailles et buissons s'enflamment à leur tour et les pentes se recouvrent de flammèches et de tourbillons de fumée.

Le centurion considère la situation et conclut :

« Les Carthaginois veulent nous encercler ! Grimpons vite pour échapper à leur piège. »

Les légionnaires attachent leur casque et leurs armes et montent vers les hauteurs. Ils avancent prudemment car la nuit est sombre, juste éclairée par un croissant de lune. Soudain un bœuf les dépasse en courant comme un fou et en répandant une désagréable odeur de poil grillé. Puis un deuxième surgit et s'éloigne à son tour. Au troisième, Furius lance son javelot sur l'encolure de la bête qui beugle en s'effondrant. Furius se précipite vers l'animal :

« Par Mars, voilà une méchante plaisanterie ! s'exclame-t-il. Venez voir ! »

Ses compagnons s'approchent et découvrent à leur tour l'accoutrement du bœuf : des fagots enflammés sont attachés à ses cornes pour lui brûler les poils, lui irriter les yeux et l'obliger à courir, dans le vain espoir de se débarrasser de son mal et de sa peur.

« C'est une ruse, commente l'un. Les Carthaginois ont voulu nous effrayer avec de simples bœufs. Redescendons.

— Non, dit le centurion. Si nous redescendons, nous les trouverons en bas, qui nous attendent en embuscade.

— Alors nous nous battrons ! s'exclame joyeusement Furius.

— Combattre, la nuit, sans rien voir ! s'indigne le centurion. Par Hercule, je ne laisserai pas mes soldats commettre une telle imprudence. Montons encore et attendons le jour. »

Furius grommelle en délaçant son casque :

« Attendre, toujours attendre ! »

*
* *

Le lendemain matin, dans les deux camps romains, les légionnaires commentent à voix basse la nouvelle : l'armée carthaginoise tout entière est partie pendant la nuit à travers le défilé qui n'était plus gardé. Certains, incrédules, scrutent encore la plaine déserte où se tenait la veille le camp ennemi. Hannibal a tout fait passer dans la montagne : hommes, animaux, provisions. D'autres légionnaires, en se retrouvant à l'intendance, située dans un coin du forum, pour chercher le pain, l'eau vinaigrée, le lard et le fromage destinés à leur centurie, échangent quelques rapides commentaires et arrivent à la même conclusion : il n'y aura plus de bataille avant la prochaine année.

Les jours suivants, on se prépare à passer l'hiver au camp. Chacun s'occupe à sa façon : Furius ne décolère pas en songeant à l'occasion manquée. Manlius lit et relit la lettre de Pomponia lui annonçant un bébé et lui écrit de longues et tendres missives. Trifon joue aux dés en cachette des décurions. Titus apprend le punique[1]. Sait-on jamais, s'il va un jour à Carthage, cela pourrait lui servir.

*
* *

L'hiver[2] se termine à Rome et les oiseaux reviennent s'installer sur les collines. Dans la maison sur le Quirinal, Cornelia est indignée :

« Quatre légions ! Vous allez encore lever quatre légions ! Faut-il vraiment tant de légionnaires pour gagner une bataille ? Que restera-t-il comme hommes dans la Ville ? Déjà il n'y a plus de paysans. As-tu été voir à Tusculum l'état des champs ? La moitié est en friche. C'est à pleurer. Et les petites,

---

1. La langue punique est le phénicien occidental.
2. 216 av. J.-C.

comment trouveront-elles un mari ? D'ailleurs tous ces jeunes que vous recrutez ne savent pas se battre, pas plus que les affranchis. Tu le sais aussi bien que moi. »

Pomponius regarde sa femme d'un air grave et tendre.

« Tout doit être sacrifié au salut de notre République.

— N'utilise pas de grands mots pour m'annoncer une mauvaise nouvelle ! Tu veux te porter volontaire pour être utile à ta patrie, c'est cela ? Comme si tu n'avais pas assez fait la guerre pendant seize ans !

— Je serai utile à ma patrie et ne partirai pas. Je viens d'être nommé sénateur[1]. »

Cornelia se jette dans ses bras, en murmurant :

« Grâces te soient rendues, Junon, de me laisser mon mari chéri. »

Pomponius, gêné par un tel débordement, a un petit sourire.

« Femme, tu fais trop de gestes ! »

Cornelia s'assied sur sa chaise à haut dossier et soupire de soulagement.

« Tes ancêtres doivent être bien contents. Pomponia ! Ton père vient d'être nommé sénateur ! Pomponia, où es-tu ? Je me demande ce qu'elle fait. »

---

1. En réalité les sénateurs ne sont nommés que pendant le cens.

Puis se tournant vers son mari :

« Que penses-tu des nouveaux consuls ?

— L'un, Paul Émile, est sage et veut continuer la stratégie prudente de Fabius. L'autre, Varron, ne rêve que de batailles menées tambour battant.

— Je ne sais pas pourquoi vous élisez des consuls qui ne sont jamais d'accord. Pomponia ! Réponds-moi ! »

Un bruit étrange et terrible retentit à l'extérieur. Cornelia et Pomponius se précipitent dans le corridor dont la porte, au milieu, est restée ouverte. Sur le seuil se tient Pomponia, figée comme une statue.

« Pomponia, que se passe-t-il ? »

À leur tour les parents restent pétrifiés : au centre de la Ville tombe une pluie de pierres. Elle détruit les boutiques d'osier du Forum et frappe les temples dans un fracas terrifiant.

« Quel prodige ! murmure Cornelia. Quel horrible prodige ! Qu'avons-nous fait pour mériter de tels châtiments ?

— Les dieux ont toujours le cœur endurci contre Rome », murmure Pomponia.

Cette fois-ci, ni son père ni sa mère n'osent la blâmer.

*
* *

239

Il fait lourd en Apulie au milieu de l'été. Trifon respire mal sous la tente et sort avant le premier chant du coq. Une brume de chaleur couvre le ciel et il se réjouit que commence une de ces longues journées d'été, bruissante et fourmillante de vie. Pour l'heure, le camp est encore endormi, ce camp devenu si vaste depuis l'arrivée des deux nouveaux consuls et des nouvelles légions. L'oreille aux aguets, il perçoit un faible bruit et rentre sous la tente :

« Titus ! Tu entends ? »

Titus bougonne.

« Pourquoi me réveilles-tu ?

— J'entends les poulets sacrés piailler. Ils ont très faim. On va certainement se battre aujourd'hui.

— Tu dis cela tous les matins depuis que les consuls sont arrivés. Qui dirige l'armée aujourd'hui[1] ?

— Varron.

— Alors nous nous battrons peut-être. En attendant, laisse-moi dormir. »

Il ne dort pas longtemps. La trompette appelle l'infanterie au combat, le clairon convoque la cavalerie. En un instant le camp bourdonne d'activité et de gaieté. Enfin la bataille tant attendue ! Enfin une victoire en perspective ! Enfin seront effacés les douloureux souvenirs des défaites du Tessin, de la

---

1. Lorsqu'il y a deux consuls à la tête de l'armée, ils dirigent à tour de rôle, un jour sur deux.

Trébie, de Trasimène. Les Romains sont tellement plus nombreux que l'ennemi[1] !

Les chevaux hennissent, les enseignes se dressent. Le jour se lève lorsque l'armée franchit les portes du camp pour s'installer dans la plaine que domine la citadelle de Cannes.

Qu'elle est belle cette plaine sous les premiers rayons du soleil, lorsque scintillent les casques, les boucliers, les épées, les cuirasses, les phalères des deux armées ! Qu'elle est bizarre cette armée d'Hannibal, si hétéroclite, si bariolée, si extravagante avec ses soldats vêtus d'armures romaines ramassées sur les champs de bataille.

Parmi les trois mille cavaliers romains, Manlius ne partage pas l'enthousiasme général. Plus il examine le dispositif de bataille, plus il s'inquiète.

« Nous allons être coincés ici, entre la rivière et l'infanterie. Nous ne pourrons pas bouger nos chevaux ni nous défendre. »

Titus rit :

« Tu deviens comme ta femme Pomponia : monsieur catastrophe. Fais confiance au consul. »

À cheval, dans son manteau rouge, le consul Paul

----

1. L'armée romaine comprend 80 000 fantassins et 6 000 cavaliers, alors que l'armée carthaginoise comprend moins de 50 000 soldats. Toutefois la cavalerie de l'armée d'Hannibal est plus nombreuse que la cavalerie romaine.

Émile se tient fièrement en première ligne de la cavalerie romaine.

« Justement, Paul Émile n'approuve pas cette bataille, répond Manlius. Si c'était lui qui commandait aujourd'hui, il n'y aurait point de combat.

— Paul Émile peut se tromper, réplique Titus.

— Varron aussi peut se tromper. »

Les cris de guerre interrompent la discussion. Aussitôt, en avant-ligne des deux armées, se rencontrent les vélites et les soldats de l'infanterie légère qui croisent javelots et épées.

« Furius doit être heureux », songe Titus.

Les premières escarmouches de l'infanterie amorcées, la cavalerie mercenaire, composée d'Espagnols et de Gaulois, attaque au grand galop. Aveuglés par le vent de sirocco qui s'est brusquement levé, sans espace pour manœuvrer leurs chevaux, serrés les uns contre les autres, les cavaliers romains sont obligés de se battre corps à corps jusqu'à ce qu'ils soient jetés à terre. Longtemps la mêlée se poursuit au sol, au milieu des cadavres d'hommes et de bêtes, jusqu'à épuisement. Lorsque la plupart des cavaliers romains sont massacrés, une trentaine s'enfuit vers la rivière tandis que Paul Émile s'écrie :

« Avec moi, au secours des légions ! »

Entouré par Titus, Trifon, Manlius et dix autres cavaliers survivants, le consul monte au centre du combat. La lutte est farouche et obstinée mais de

tous côtés surgissent sans cesse de nouveaux ennemis. Dans cette situation désespérée, le manteau
rouge du consul ranime les courages et rappelle aux
soldats que mieux vaut mourir que de battre en
retraite. Soudain, blessé, Paul Émile glisse de son
cheval.

« Par Castor, j'emmène le consul hors du combat,
crie Titus.

— Par Pollux, je t'attendrai ici. »

Titus et Manlius emportent Paul Émile et le
déposent au bord de la rivière Aufide.

« Laissez-moi mourir ici avec mes hommes, dit le
consul d'une voix étranglée. Je vous relève du serment qui interdit de fuir le champ de bataille et vous
ordonne de retourner à Rome. La Ville aura besoin
de vous pour se défendre. »

Soudain Manlius pousse un cri et tombe, la cuisse
transpercée par une épée. Titus est soulevé par deux
bras énergiques, arraché à sa monture et jeté sur un
cheval.

« Cette fois-ci, tu ne m'échapperas pas »,
s'exclame Lebœuf.

*
* *

Lorsque le soir tombe, Trifon erre seul dans la
plaine. Au loin les Carthaginois fêtent leur victoire.

Leboeuf sur son cheval...

Tout autour s'élèvent des gémissements, des plaintes, qui retombent ensuite dans le silence.

Ils sont quarante-cinq mille Romains couchés, emmêlés, dans un grand désordre de casques, d'armes et de boucliers. Au-dessus d'eux, les corbeaux et les vautours vont et viennent en poussant des cris voraces. Trifon hurle en vain :

« Titus, où es-tu ? Par Pollux, je t'en prie, réponds-moi ! Titus ! »

Toute la nuit Trifon arpente le champ de bataille. Puis à l'aube, quand les soldats d'Hannibal viennent s'emparer du butin, il disparaît à cheval.

11

Les prisonniers

À Rome, les rumeurs de défaite alarment les habitants qui se précipitent au forum pour connaître la vérité sur la bataille. Le désordre est considérable. Des cris et des lamentations accompagnent les sinistres nouvelles.

« À Cannes, nos légions ont été massacrées !

— Hannibal va assiéger la ville !

— Les soldats sont presque tous morts !

— La République est perdue !

— Rome va capituler ! »

L'édile Stilo arpente la place et tente de calmer les esprits :

« Ne vous énervez pas inutilement ! Attendez que les sénateurs vous informent ! »

Dans la Curie les sénateurs délibèrent. Au milieu de l'après-midi, ils discutent encore et la foule trouve l'attente intolérable.

« Femmes, crie Cornelia, ne restons pas ici dans l'incertitude du sort de nos pères, de nos maris, de nos fils. Allons aux portes de la Ville guetter le retour des soldats. »

Une femme corpulente bouscule Cornelia :

« Femmes, ne l'écoutez pas ! Ne restez pas dans la Ville ! Fuyez avant que les Carthaginois soient dans nos murs ! Ils vont incendier nos maisons, massacrer nos enfants, se livrer à toutes les cruautés, car implacable est leur haine contre Rome. Partez ! Dépêchez-vous ! »

Femmes, enfants, esclaves se hâtent de quitter le Forum et Cornelia a le plus grand mal à rejoindre la porte Capène dont le manchot est en train de rabattre les battants.

« Que fais-tu ?

— Tu le vois bien ! Je ferme !

— Tu fermes la porte en plein jour ! As-tu perdu l'esprit ?

— J'obéis aux sénateurs. Ils viennent de donner l'ordre de fermer les portes de la Ville afin que personne n'en sorte. Quel malheur d'être obligé de prendre de telles mesures ! Penser que des Romains et des Romaines cherchent à s'enfuir au lieu de défendre nos remparts ! Romulus, je t'en supplie, ferme tes yeux et tes oreilles pour ne rien voir et ne rien entendre de ce qui se passe aujourd'hui. »

Cornelia se met en colère :

« Tu m'accuses de fuir, moi, Cornelia, femme du sénateur Pomponius Capitolinus ! Sache que je suis ici pour attendre mes deux fils et mon gendre qui viennent de risquer leur vie pour la patrie. As-tu des fils, toi ? Peux-tu comprendre l'inquiétude d'une mère ? Quelle misère que de rencontrer des gens aussi bornés lorsqu'on est plongé dans le désespoir ! »

Le manchot, insensible à ces imprécations, précise :

« Je t'informe de surcroît que le Sénat interdit aux femmes de sortir de leur maison. Leurs discours et leur agitation créent trop de désordre dans la Cité.

— On nous enferme comme du bétail ! s'exclame Cornelia, outrée.

— La patrie est en danger », explique le manchot.

Puis, tandis que Cornelia fait demi-tour, il conseille :

« Passe par Suburre pour rentrer chez toi. Les accès au Forum vont être barricadés pour éviter des troubles. »

Et Tubéron, heureux et fier de pouvoir encore

servir sa patrie en étant volontaire pour la sur-
veillance des portes, murmure :

« Les Carthaginois, s'ils veulent entrer par ici, ils
devront me casser l'autre bras. »

*
* *

« Quelle barbarie ! murmure Mirabella en
cachant son visage dans ses mains.

— À désastre exceptionnel, sacrifice exceptionnel », commente Dromon.

Sur le marché aux bestiaux, des esclaves publics
construisent une enceinte de pierre autour de quatre
victimes : un Gaulois et une Gauloise, un Grec et
une Grecque.

« On va les enterrer vivants ? s'enquiert Mirabella.

— Tu le vois bien. Les dieux, ma Mirabella, les
dieux ont fait savoir que ces morts apaiseraient leur
courroux.

— On les a certainement mal compris. Ils n'ont
pas demandé un sort aussi cruel.

— Fais un effort pour comprendre les Romains :
ils ne savent plus ni qui ni quoi sacrifier, ni à quel
dieu se vouer. Ils envoient un messager à Delphes[1]

_____

1. À Delphes, en Grèce, se trouvent le temple d'Apollon et la Pythie
qui parle en son nom.

et offrent même un sacrifice à un dieu carthaginois. »

Lorsque les maçons commencent à recouvrir de tuiles le tombeau, la jeune fille grecque pousse un long et terrible cri.

« C'est affreux ! gémit Mirabella.

— Ne restons pas ici, mon petit lièvre, tu es trop sensible. »

Tous deux gravissent le Palatin en silence tandis que les cris de la condamnée s'atténuent. En haut de la colline, Mirabella persiste :

« Je ne peux pas comprendre une telle sauvagerie. »

Dromon lui sourit tendrement.

« Pourquoi une petite cervelle comme la tienne pourrait-elle comprendre tout ? Vois comme la Ville est douce, à cette heure-ci. Admire ces arbres, ces fleurs, ces oiseaux, ce fleuve, tous indifférents aux malheurs des hommes. Regarde, sur le Capitole, le dieu protecteur de l'État romain qui brille de son éclat rouge dans la lumière du soir. Et dis-moi : peux-tu comprendre tant de beauté, Mirabella ? »

*
* *

« Holà ! Qu'on m'ouvre ! »

Le manchot, endormi devant la porte Capène, se frotte les yeux et aperçoit les étoiles :

« Il fait encore nuit ! Attends le jour pour me parler !

— Je suis pressé, j'apporte un message de la part du consul.

— Je ne te crois pas.

— Si je te dis : les Carthaginois ne sont pas doux comme une tétine de truie, me croiras-tu ? » demande une voix rieuse.

Le manchot reste soupçonneux.

« Dis-moi ton nom.

— Tiberius Pomponius Capitolinus Trifon !

— Un des Castors ! » s'exclame l'ancien combattant qui ouvre maladroitement les verrous avec sa main valide.

Trifon, couvert de poussière, les joues creusées par la fatigue, demande :

« Où se trouvent les sénateurs ?

— Dans leur lit.

— Pas pour longtemps ! » s'exclame-t-il en repartant au galop.

Dans la maison sur le Quirinal, chacun sort de sa chambre et débouche dans l'atrium.

« Mon fils ! Te voilà ! s'écrie Cornelia en le serrant dans ses bras. Titus est-il avec toi ?

— Non. J'ignore où il se trouve.

— Et Manlius ? »

Trifon hoche la tête.

« Et l'armée ? » demande Pomponius.

Trifon tend un papyrus que Pomponius déca-chette rapidement et parcourt du regard.

« Lis donc à haute voix ! réclame Cornelia. J'ai le droit de connaître le sort de ma patrie.

— La lettre est du consul Varron. Voici ce qu'il écrit : SÉNATEURS, JE VOUS SALUE. J'AI LA TRISTESSE DE VOUS ANNONCER LA MORT DU CONSUL PAUL ÉMILE AVEC LA MOITIÉ DE L'ARMÉE. BEAUCOUP DE SOLDATS ONT ÉTÉ FAITS PRISONNIERS. JE SUIS À CANUSIUM AVEC DIX MILLE SOLDATS RESCAPÉS DE LA BATAILLE. HANNIBAL EST OCCUPÉ À CANNES PAR LA VENTE DU BUTIN. J'ATTENDS VOS CONSEILS. PORTEZ-VOUS BIEN. VARRON. Je vais immédiate-ment prévenir les censeurs. Trifon, viens avec moi. »

La nouvelle du retour de Trifon fut vite colpor-tée et devant la maison une vingtaine de femmes, décoiffées, le manteau jeté en hâte sur leurs épaules, attendent le cavalier. Dès qu'il apparaît sur le seuil, elles le pressent de questions :

« As-tu des nouvelles de Spurius, un qui est roux avec des yeux verts ?

— Et de Numerius ? Un petit gros avec un nez pointu ?

— Et de Sextus, un vélite très fort ? »

Avec un serrement de cœur Trifon découvre tous ces visages anxieux :

« Je ne connais pas tous les légionnaires rescapés, dit-il. Je connais seulement les cavaliers. »

Et il sort d'entre ses deux tuniques un petit rouleau de papyrus.

« Ils ont écrit leur nom ici.

— Accompagne ton père, conseille Cornelia. Et donne-moi cette liste. »

Lentement, elle nomme les cavaliers vivants et libres. Des femmes sourient, remercient les dieux, ont des larmes de joie. Lorsque la liste est terminée et que Cornelia garde un pénible silence, les autres femmes s'éloignent le dos secoué de sanglots.

*
* *

La brise fraîche de septembre fait voleter la toge de Papirius Stilo qui remonte d'un pas vif le Palatin.

« Dromon ! Dromon ! J'ai une bonne nouvelle pour toi ! »

L'esclave s'avance dans l'atrium.

« Une nouvelle pièce à écrire, maître ?

— Mieux que ça. Mais d'abord, es-tu en bonne santé ?

— Me vois-tu le nez de travers, les yeux accrochés au menton ?

— Non. »

Stilo rejoint le péristyle qu'il traverse rapidement jusqu'à sa chambre, tend sa toge à son esclave et décachette quelques tablettes de cire qui lui sont adressées. Il en lit deux et fait semblant d'être excédé :

« Tous ces clients qui me demandent de leur servir d'avocat, c'est épuisant !

— La cause en revient à ta magnifique éloquence, maître.

— Il est vrai. Apporte-moi mes pantoufles. »

Dromon s'empresse de sortir les pantoufles d'un coffre.

« Maître, n'avais-tu pas une bonne nouvelle à m'apprendre ?

— Ah si ! Tu vas être libre.

— Veux-tu dire que je ne serai plus esclave ?

— Exactement. Tu pourras te laisser pousser les cheveux. »

Dromon n'en croit pas ses oreilles.

« Et pourquoi un tel bonheur m'arriverait-il ? »

Stilo se tourne vers lui et d'un ton emphatique déclare :

« Tu as dorénavant le grand privilège de pouvoir faire la guerre. »

Devant le silence de son esclave, Stilo explique en décachetant d'autres tablettes :

« Le Sénat a décrété la levée en masse. Exceptionnellement les citoyens prolétaires[1] pourront devenir soldats ainsi que huit mille esclaves rachetés. »

---

1. Les prolétaires sont les citoyens pauvres appartenant à la dernière classe, qui ne payent pas d'impôt et ne font pas la guerre.

Dromon devient blanc comme la farine et murmure :

« Dieux immortels, évitez-moi cette épreuve. »

Puis, à haute voix, il ajoute :

« Je me réjouis pour les citoyens prolétaires. C'est un magnifique bonheur pour eux de pouvoir enfin mourir pour leur patrie. Mais racheter des esclaves est déraisonnable. Une telle dépense va ruiner le trésor de la République. »

Papirius lève vers son esclave un regard étonné :

« Tes scrupules t'honorent, Dromon. Mais je ne voudrais pas qu'ils t'empêchent de te battre. Si tu le souhaites, je paierai moi-même ton rachat. »

L'esclave s'affaire nerveusement à plier, déplier et replier la toge, en disant :

« Je m'inquiète pour la République car les esclaves feront de bien mauvais soldats. Tu le dis souvent toi-même : nous sommes des paresseux, des fainéants, des bons à rien.

— Ne te fais pas de souci. La discipline dans les légions fera de vous de courageux militaires. La moindre désobéissance, la plus légère négligence dans le tour de garde entraînent la bastonnade.

— Aïe ! s'exclame Dromon.

— La peur et la fuite devant le danger exposent à la lapidation.

— Aïe ! Aïe !

« — L'abandon des armes pendant le combat engendre...

— Aïe ! Aïe ! Aïe ! que je souffre ! s'exclame Dromon en faisant d'horribles grimaces. Une douleur terrible me transperce.

— Où donc ?

— Dans le pied. Dans les deux pieds même. Je puis à peine marcher. Au secours, vite un tabouret ! »

Un esclave apporte aussitôt un trépied. Dromon s'assied et s'essuie le front d'où perle la sueur.

« Maître, je crains de ne pouvoir devenir légionnaire, je suis très souffrant.

— Tu seras peut-être guéri à temps ! réplique négligemment Stilo.

— Non, non, certainement pas. Dans mes jambes commence une longue et terrible maladie. Et toi, vas-tu partir ?

— Le plus vite possible.

— Alors je garderai ta maison. Je prendrai grand soin de tes livres pour que les rats ne les mangent pas. Et j'écrirai des comédies pour réjouir le cœur des dieux. Et puis....

— Quoi donc...

— Plutôt que d'acheter ma liberté, tu pourrais acheter Mirabella. Elle entretiendra bien ton foyer et nous ferons ensemble des petits esclaves qui te seront entièrement dévoués. »

Stilo lui jette un regard consterné.

« Tu as de l'esprit, Dromon, mais tu n'es pas encore digne de porter le titre de citoyen romain. »

Dromon baisse piteusement la tête.

*
* *

Dans la maison de Manlius, sur la colline du Viminal, Pomponia pleure en berçant son bébé. Les quatre petites sœurs, en train de jouer aux osselets, battent tristement des cils en l'entendant.

« Elle a le cœur dolent, murmure l'une.

— Le chagrin la dévore, constate la deuxième.

— L'amour la rend malade depuis qu'elle ne reçoit plus de lettres », ajoute la troisième.

La plus jeune demande à haute voix :

« Pourquoi les dieux ne t'annoncent-ils rien à propos de Manlius ? »

Pomponia se retourne, le visage rougi de larmes :

« Les dieux ne m'envoient de révélations que pour le destin de Rome. Ils se désintéressent de mon mari et de mon bonheur. »

Elle se mouche, tapote ses yeux et ajoute :

« Le jour baisse. Retournez dans votre maison. Maman vous attend pour le repas.

— Tu ne seras pas trop triste si nous partons ? »

Les quatre sœurs l'embrassent, donnent un petit baiser au bébé et s'en vont avec la légèreté d'un vol d'oiseaux. Restée seule, Pomponia entend des conversations à voix basse, des rires étouffés dans le corridor.

« Qu'est-ce que vous faites ? Dépêchez-vous ! »

Les petits pas rapides s'éloignent, tandis qu'un pas claudiquant, ferme et lent, se rapproche. Pomponia se redresse le cœur battant et marche vers le corridor.

« Manlius ! » crie-t-elle.

C'est bien Manlius qui s'avance et qui lui tend les bras.

« Ce fut si long ! Je ne recevais plus de lettres.

— J'ai été blessé et soigné par une paysanne. J'ai eu si peur de ne jamais te revoir. Et notre enfant ?

— C'est un fils ! Viens le voir ! Il est encore tout petit !

— Comment l'as-tu nommé ? demande Manlius en prenant le bébé dans ses bras.

— Marcus, si tu le désires aussi. Lui aussi t'attendait pour être présenté aux dieux. »

Manlius se dirige vers l'autel du foyer et lève le bébé en disant :

« Je te reconnais comme mon fils. Tu t'appelleras Marcus Manlius. Que le Lare de cette maison, les Pénates de notre foyer, le Génie de ma famille te protègent ta vie durant. »

Puis il jette dans le feu le sel que Pomponia a mis

de côté à chaque repas. Tous trois se taisent de bonheur. Puis Pomponia déclare en riant :

« Je vais te préparer un bain. Tu es sale comme une étable à la fin de l'hiver. »

Pendant que Manlius, dans la sombre et minuscule salle de bains, se frotte énergiquement avec de la saponaire, la famille Capitolina fait une bruyante irruption dans l'atrium.

« Où est ton mari ? demande Cornelia.

— Dans son bain. Il est fatigué. Attends un peu.

— Attendre, quand j'ai le cœur torturé par l'inquiétude ! Je vais lui parler à travers la porte. Manlius, as-tu des nouvelles de Titus ?

— Il a été enlevé par un Gaulois.

— Un Gaulois ?

— Oui. Un Gaulois qui s'est écrié : "Cette fois-ci tu ne m'échapperas pas !"

— C'est Lebœuf ! s'exclame Trifon. Titus est vivant ! Je pars tout de suite le délivrer.

— Réfléchis d'abord, conseille Cornelia. Parles-en avec ton père !

— Ma chère Maman, j'ai déjà réfléchi. »

La porte claque et Cornelia soupire :

« Ces deux enfants m'auront donné beaucoup, beaucoup de soucis ! »

*
* *

Une heure plus tard, Trifon galope sur la voie Appia. Son esprit exalté échafaude cent projets pour sauver son frère et confondre Lebœuf. Ah ! quelle satisfaction ce sera de punir l'impudent qui a osé s'attaquer à Titus !

Tout en imaginant maints stratagèmes, il entend gringoter le rossignol. Étonné, il ralentit et se dirige vers l'oiseau. À sa grande surprise et à sa grande joie, il découvre son frère. Oui, son frère, bien vivant, qui trottine vers Rome en compagnie de neuf légionnaires.

« Les dieux soient loués ! On t'a libéré !

— Hélas, non ! Nous sommes prisonniers, répond Furius d'un ton sinistre.

— Tu te moques de moi ! Je n'ai jamais rencontré de prisonniers qui s'en reviennent librement et tranquillement vers leur cité.

— C'est pourtant la vérité, remarque Titus. Que je suis heureux de te revoir vivant !

— Peux-tu m'expliquer la bizarrerie de ta situation ? demande Trifon.

— Cette bizarrerie, comme tu l'appelles, doit être annoncée en premier lieu aux sénateurs. As-tu des nouvelles de Manlius ? Il est tombé juste à côté de moi pendant la bataille de Cannes.

— Il est revenu, il boite et il est père de famille.

— Et ma chère mère ?

— Elle va s'évanouir de bonheur en te voyant !

— Et mon père et mes sœurs ?

— Tous vont bien et tous t'attendent. »

Au Forum, à la septième heure, les flâneurs qui grignotent autour des marchands ambulants s'approchent pour voir passer les légionnaires. Chacun scrute leurs visages las et gris de poussière pour deviner la cause de leur retour et découvrir des raisons d'espérer. Un sénateur, à peine sorti de la Curie, y rentre précipitamment.

« Des légionnaires arrivent ! »

Les sénateurs se réinstallent de chaque côté de la pièce et le plus âgé des anciens censeurs s'assied au fond. Les dix légionnaires pénètrent respectueusement dans la salle consacrée.

« Je vous salue et me réjouis de vous voir », dit le plus ancien censeur.

Titus prend la parole :

« Sénateurs, nous sommes, tous les dix, prisonniers des Carthaginois et Hannibal nous a chargés de vous transmettre une proposition de paix. Nous lui avons donné notre parole de citoyen de revenir pour lui rapporter votre réponse.

— Quelle est cette proposition ?

— Si le Sénat accepte la paix, Hannibal lui offre la possibilité de racheter les sept mille prisonniers romains.

— À quel prix ?

— Cinq cents deniers par cavalier et trois cents par fantassin. »

Les sénateurs réfléchissent en silence sur cette proposition et sur ses conséquences. Titus cherche des yeux son père et lui fait un léger salut. Le visage de Pomponius est d'une gravité effrayante.

Furius prend alors la parole :

« Sénateurs, je sais que Rome n'a pas coutume de racheter les prisonniers. Mais nous sommes de bons soldats et avons vaillamment combattu jusqu'à la fin, sans fuir et sans abandonner nos armes. L'armée romaine a encore besoin de nous. »

Un autre prisonnier, à bout de forces et de courage, gémit :

« Nous sommes enchaînés, mal nourris, humiliés. Je vous en supplie, délivrez-nous. »

Un véritable tohu-bohu s'élève alors dans la Curie. Les sénateurs opposent leurs arguments avec véhémence :

« Mieux vaut racheter des prisonniers plutôt que des esclaves qui ne savent pas se battre !

— N'abandonnons pas nos soldats !

— La défaite est de leur faute. Ils ont manqué de courage et d'audace.

— Mais non, ils se sont bien battus.

— Refusons de traiter avec Hannibal.

— Racheter les prisonniers, c'est accepter notre défaite !

— Songez à leur famille !

— Quand même, ces hommes-là valent bien trois cents deniers !

— Faire la paix avec Carthage serait une honte ! »

À la vitesse des flammes par grand vent, la nouvelle de l'arrivée des prisonniers s'est répandue dans la ville et sa banlieue. Des centaines de familles se rassemblent devant la Curie et demandent qu'on rachète leurs enfants. Les plaintes, les récriminations, les indignations sont si vives que les tribuns, pour éviter des troubles, donnent l'ordre au peuple de se retirer. Lorsque le calme est revenu, ils emmènent les prisonniers hors de la Ville, dans la Ferme publique.

*
* *

Avant l'aube, le peuple envahit le Forum pour connaître la décision du Sénat. Après une nuit passée à attendre, à discuter, à se fâcher, à pleurer, à espérer, les citadins gardent un silence angoissé. Enfin le plus vieux sénateur monte à la tribune et annonce :

« Au nom du Sénat et du Peuple romain, après avoir pris les auspices et que les dieux nous ont été favorables, il a été décidé de ne pas racheter les prisonniers. »

Aussitôt des applaudissements, des insultes, des invectives ou des gémissements éclatent dans plusieurs coins de la place. Le sénateur continue sa déclaration :

« Nombreux sont déjà les anciens alliés qui nous ont abandonnés après le désastre de Cannes pour se soumettre à Carthage. Toutefois, malgré la gravité de cette situation, nous refusons de traiter avec Hannibal, nous refusons d'accepter la défaite de notre cité, nous refusons de signer une paix honteuse pour notre patrie. Citoyens, souvenez-vous des ancêtres qui nous ont montré que le courage dans l'adversité fait la force de Rome. Espérez qu'à notre tour, notre courage, notre amour de la patrie et notre attachement à la liberté puissent rétablir notre puissance. La République ne capitulera pas. Elle se battra. Et si les dieux le veulent, elle vaincra. »

Un grand frisson parcourt la foule. Discrètement, le sénateur Pomponius longe la colline du Capitole et se dirige vers le champ de Mars. Dans la Ferme publique, les prisonniers sont déjà informés de leur sort. Les uns sont abattus, les autres, soulagés. Pomponius rejoint Titus :

« Mon fils, dit-il d'une voix très émue, sache que, malgré mon chagrin, j'ai voté contre le rachat des prisonniers.

— Père, répond Titus, j'aurais eu honte pour notre famille si tu avais agi autrement. »

lorsqu'il ou mettes malade, soigne-le bien comme
le veut grand-mère autrefois
ymandenautnineuner

Une heure plus tard, les dix prisonniers entourés par des cortèges de parents et d'amis chevauchent vers la porte Capène. Pour calmer son chagrin, Cornelia ne cesse de parler :

« Mon enfant, ne commets pas d'imprudence. Cet Hannibal est très cruel. Ne risque pas ta vie inutilement et attends que nos légions viennent te délivrer. Ne t'inquiète pas pour nous. Manlius s'installera à Tusculum et s'occupera de la ferme. Depuis que les paysans et les affranchis et même les esclaves sont mobilisés, la mauvaise herbe envahit les col-

lines. Si tu tombes malade, soigne-toi bien comme je te l'ai appris et surtout... »

Titus sourit tendrement :

« Mère chérie, je n'oublierai rien de ce que tu m'as appris. »

Après d'interminables embrassades, les dix cavaliers s'éloignent sur la voie Appia, silhouettes vite indistinctes dans l'ombre des tombeaux et des cyprès. Dès que disparaît le nuage de poussière soulevé par les chevaux, le manchot commence à refermer les lourds battants de porte.

« Attends, Tubéron ! Je pars aussi ! s'exclame Trifon qui arrive au galop.

— Toi aussi, mon fils, tu nous quittes ! » gémit Cornelia.

Trifon ralentit sa monture :

« Mère, nous avons juré de ne point nous quitter. Crois-moi, ensemble nous serons invincibles. Et puis je dois tordre le cou à ce Lebœuf qui a osé s'attaquer à mon frère. J'en ris d'avance. »

Dès qu'il a franchi la porte Capène, Trifon crie :

« Par Pollux ! Attends-moi ! »

Au loin retentit une voix claire :

« Par Castor ! Je t'attendais ! »

*
* *

Il pleut. Les gouttes font une jolie musique dans le bassin de l'atrium, et de la colline monte l'odeur parfumée de la terre. Dans la grande chambre à coucher, les petites filles jouent aux osselets, Pomponia endort le jeune Manlius, Cornelia file la laine en la mouillant de ses larmes.

« Ne pleure pas, mère, dit Pomponia. Ils s'évaderont. »

Cornelia dévisage sa fille avec étonnement :

« D'où te vient cette joie alors que toute la Ville est en pleurs ? »

Pomponia sourit d'un air énigmatique.

« Ne désespère pas de la République. Un jour nos légions entreront dans Carthage. »

Épilogue

Quatorze ans plus tard, Manlius trotte à cheval vers Tusculum. D'un œil attentif il examine les pentes couvertes de vergers, de vignes, d'oliviers, de bois de chênes et d'ormes dont les feuilles jaunes et brunes châtoient sous le soleil d'automne. Il est fier de la propriété familiale. Patiemment il a racheté les terres abandonnées par les paysans partis pour la guerre, méthodiquement il a défriché, planté, taillé, pour redonner la prospérité à la ferme et la transformer en un immense domaine.

Lorsqu'il pénètre de son pas claudiquant dans l'atrium, Cornelia, les cheveux gris, le cou surchargé de bijoux, dépose sur la table une bouillie de chou.

« C'est bon pour ce que vous avez ! » déclare-t-elle.

Les sept fils de Pomponia et de Manlius, devant leur bol de terre cuite, répondent en chœur :

« Mais nous n'avons rien, grand-mère ! Nous sommes tous très bien portants. »

Cornelia sert néanmoins ses petits-enfants.

« L'un d'entre vous a toussé, cette nuit. Je l'ai entendu. Et ne soyez pas si insolents. Par Junon, la discipline se perd dans cette maison. »

Manlius embrasse Pomponia qui attend son huitième enfant, s'installe à son tour autour de la table et déclare :

« J'ai une grande nouvelle à vous annoncer. »

Chacun lève le nez, les yeux brillants de curiosité.

« Vous connaîtrez bientôt vos oncles Titus et Trifon. »

Les sept garçons poussent des cris de joie.

« Taisez-vous donc ! ordonne Cornelia. On n'entend plus votre père. Manlius, la guerre est donc finie ?

— Oui. Nos légions viennent de battre l'armée d'Hannibal à Zama[1], près de Carthage. La paix va être signée.

— C'est comment la paix ? demande le plus jeune garçon.

---

1. La bataille de Zama se déroula en 202 av. J.-C. Les troupes romaines étaient dirigées par Scipion l'Africain.

« — La paix et la République font le bonheur des peuples, répond son père.

— Alors je ne ferai pas la guerre comme mes oncles ? » s'inquiète Marcus.

Le sénateur Pomponius, qui vient d'entrer dans l'atrium et se débarrasse de sa toge, répond :

« Il y a encore beaucoup de terres habitées à conquérir, si tu désires te battre. »

Puis, avec un sourire qui éclaire son visage austère :

« La Ville est en fête. Nous y descendrons tous après le repas. Pour demain les magistrats ont commandé un spectacle de théâtre.

— Que jouera-t-on ? demande Cornelia.

— Une nouvelle comédie de Dromon qui s'intitule *Les Évadés*.

— Elle raconte l'évasion de Titus et Trifon ? » demande le plus jeune fils, rayonnant de fierté.

Les garçons parlent en même temps :

« Est-ce qu'elle raconte comment mes oncles se sont cachés dans un sac de farine ?

— Comment ils ont noyé Lebœuf dans la mer ?

— Comment Trifon s'est déguisé en femme ?

— Comment ils ont arraché Furius aux pattes d'un éléphant ?

— Comment Titus a mis du poil à gratter dans les narines du cheval d'Hannibal ? »

Alors la douce voix de Pomponia s'élève :

« Vous verrez et entendrez par vous-mêmes ce que Dromon a écrit. Mais n'oubliez jamais, mes enfants, que ni le courage de nos légionnaires, ni la fermeté de nos sénateurs n'auraient sauvé la République du désastre sans...

— Sans quoi ? s'impatiente le plus jeune.

— Sans la bonté des dieux. »

UN PEU D'HISTOIRE

LES PREMIERS SIÈCLES

☐ *Rome* fut fondée selon la légende par Romulus, vers 753 avant J.-C., selon la vraisemblance historique par les Étrusques. Ceux-ci réunirent des habitants latins et sabins déjà installés sur les collines depuis deux ou trois siècles. La ville fut dirigée successivement par sept rois, latins, sabins puis étrusques.

En 509 av. J.-C., le dernier roi fut renversé et la République instaurée. La politique intérieure fut alors dominée, pendant deux siècles et demi, par l'affrontement des plébéiens et des patriciens. La politique extérieure par la conquête de la péninsule.

☐ *La conquête de l'Italie* fut longue et progressive. Rome soumit d'abord les peuples latins et ses voisins immédiats (Volsques et Eques vers 430 av. J.-C., Étrusques en 396 av. J.-C.) et repoussa les Gaulois vers 393 av. J.-C. La conquête de l'Italie centrale (290 av. J.-C.) nécessita trois longues guerres contre les Samnites. Quant à l'Italie du Sud, la « Grande Grèce », elle capitula après la prise de Tarente en 272 av. J.-C.

☐ Pendant les *guerres Puniques* Rome, toute jeune cité sur la scène internationale, affronta Carthage qui était depuis longtemps une grande puissance.

☐ *La première guerre Punique* (264-241 av. J.-C.) eut pour enjeu la possession de la Sicile. À côté de sa traditionnelle armée de terre, Rome dut se constituer une flotte. On construisit alors des centaines de bateaux, détruits autant par les tempêtes que par les combats. Les pertes furent considérables, mais la victoire donna à Rome une partie de la Sicile qui devint la première province romaine. En 243 av. J.-C. les Romains s'emparent de la Sardaigne et de la Corse.

☐ Pendant *la deuxième guerre Punique* (219-201 av. J.-C.) Carthage voulut se venger de sa défaite. L'armée carthaginoise, conduite par Hannibal Barca, ne se battit plus à partir du Sud de l'Italie, mais à partir du Nord, après un long périple à travers l'Espagne, le Sud de la Gaule et les Alpes. D'abord écrasées par l'ennemi, les troupes romaines finirent par débarquer en Afrique, et, dirigées par Scipion, battirent les Carthaginois à Zama (202).

☐ *La troisième guerre Punique* (149-146) eut pour cause la crainte du renouveau économique carthaginois. Par peur et par désir de vengeance, Caton le Censeur exigea la destruction totale de Carthage.

☐ Après la victoire sur la grande puissance navale qu'était Carthage, les premières conquêtes méditerranéennes furent spectaculairement rapides. La Macédoine devient province romaine en 148 av. J.-C., la Grèce, province d'Achaïe en 146 av. J.-C., Carthage, province d'Afrique en 146 av. J.-C., le royaume de Pergame, province d'Asie en 133 av. J.-C., et le Sud de la Gaule devint colonie de Narbonne en 118 av. J.-C.

☐ C'est à partir de la deuxième guerre Punique et des conquêtes qui suivirent que Rome se transforma. L'austère République devint un État prospère aux nouvelles caractéristiques, parmi lesquelles : la richesse, la variété des importations agricoles et artisanales, l'abondance des esclaves, le développement d'une plèbe inactive, les grands domaines agricoles, la profonde influence de l'hellénisme, l'importance de l'activité littéraire et juridique.

☐ *Carthage* fut fondée, selon la légende en 814 av. J.-C. (sans doute un siècle plus tard), par une princesse phénicienne, Élissa, nommée parfois Didon. Elle était la sœur de Pygmalion, roi de Tyr, alors la plus puissante cité des Phéniciens, sémites proches parents des Hébreux. Carthage était gouvernée selon un régime oligarchique : deux suffètes étaient élus chaque année parmi les aristocrates et les classes aisées. Les généraux faisaient l'objet d'une élection particulière.

Fondée sur la côte occidentale de l'actuelle Tunisie, Carthage était un port, c'est-à-dire une cité maritime, et ses ambitions étaient commerciales plus que guerrières. La religion était d'origine orientale : on adorait Melkart, Baal-Hammon et Eschmoun, et on pratiquait des sacrifices humains.

LA POPULATION ROMAINE

À Rome, en 225 av. J.-C. les citoyens mâles adultes, donc électeurs, étaient à peu près 300 000, dont 205 000 *juniores* (sont *juniores* les hommes entre 17 et 46 ans).

Cette population faisait l'objet d'une double division :

• Division géographique en fonction du lieu de résidence : les Romains étaient répartis en 21 tribus : 4 tribus citadines (Palatina, Collina, Cuburana, Esquilina) et 17 tribus rurales.

• Division économique en fonction de la richesse : tous les cinq ans, pendant l'opération du cens organisée par les censeurs, les citoyens déclaraient les membres de leur famille (en fonction des mariages, décès, naissances, adoptions, divorces survenus au cours des cinq années précédentes) et leurs biens : terres, maisons (calculées en nombre de tuiles), esclaves, monnaies et dettes.

Ils étaient alors répartis en cinq classes. La première classe comprenait les citoyens possédant une fortune de plus d'un million d'as, et la sixième classe, ou hors classe, comprenait les plus pauvres, ou prolétaires. Ceux-ci avaient le droit de voter mais ne faisaient pas la guerre et ne payaient pas d'impôts.

☐ LES ÉLECTIONS. On votait beaucoup à Rome en ce temps-là. Les citoyens votaient les lois et d'autre part élisaient les consuls, les préteurs, les questeurs, les édiles, les tribuns, les censeurs, tous renouvelés, à l'exception des censeurs, chaque année. Aussi les citoyens étaient-ils appelés à voter une vingtaine de fois dans l'année et le faisaient dans le cadre de deux assemblées :

Les comices tributes, à l'origine plébéiennes, où l'on votait la plupart des lois et élisait certains magistrats : les édiles curules, les questeurs et les tribuns de la plèbe.

Les comices centuriates, où l'on votait certaines lois et les déclarations de guerre, et où l'on élisait les consuls, préteurs et autres magistrats supérieurs. Dans les comices centuriates, ceux qui appartenaient à la première classe votaient en premier, puis ceux de la seconde classe, etc., jusqu'à la cinquième classe.

Or ces classes étaient elles-mêmes divisées en centuries, au nombre de 193. La majorité était atteinte lorsque plus de la moitié des centuries (97) avait choisi un magistrat ou accepté une loi. Comme les centuries de la première classe votaient en premier et qu'elles étaient 98 (80 pour la première classe, plus 18 pour la chevalerie), elles pouvaient obtenir à elles seules la majorité. Il devenait alors inutile de faire voter les autres classes.

Les élections avaient lieu à deux degrés : on votait par tête dans sa centurie à la majorité relative. Puis, chaque centurie comptant pour une unité, on votait jusqu'à obtenir la majorité absolue.

☐ LE SÉNAT est la plus haute autorité de la Rome républicaine. En face des magistrats élus chaque année, il représente la permanence. Les sénateurs sont choisis par les censeurs, lors de l'opération du cens, parmi les anciens magistrats (censeurs, consuls, etc.) ayant au moins 46 ans[1].

Le Sénat a la gestion des finances, dirige la politique extérieure, s'occupe des effectifs et commandements militaires, décrète les mesures de salut public, surveille la religion et donne son avis sur les lois.

☐ ARMÉE. Au temps de la deuxième guerre Punique, Rome était une ville fortifiée à l'abri de remparts longs de onze kilomètres datant de Servius Tullius (578-534 av. J.-C.).

Auparavant les campagnes militaires s'effectuaient dans des territoires proches. Elles commençaient au printemps et se terminaient en automne où chacun rentrait chez soi. Par la suite les soldats partirent faire la guerre très loin et, de ce fait, s'absentèrent longtemps.

---

1. Tous les chiffres donnés dans ce rappel historique concernent les années relatives au début de la deuxième guerre Punique. Ils évolueront en même temps que la République.

Les cavaliers devaient dix campagnes à la République, les fantassins seize.

Une légion comprend généralement 4 200 fantassins.

Les vélites formaient l'infanterie légère et étaient répartis parmi les trois premiers rangs. Ils étaient recrutés parmi les jeunes gens pauvres.

À chaque légion était adjoint un corps de cavalerie légionnaire : 300 cavaliers recrutés parmi les citoyens riches. Les citoyens de la sixième classe, les plus pauvres nommés les prolétaires, ne faisaient pas la guerre (sauf exception).

L'unité tactique était le manipule qui comprenait deux centuries de soixante hommes chacune. (À l'origine, la centurie comprenait cent légionnaires, ce qui explique son nom.)

Pendant la deuxième guerre Punique des cavaliers et légionnaires alliés, venant de toute l'Italie, combattirent aux côtés des Romains.

□ DATATION. Les Romains indiquaient l'année par le nom des consuls en charge cette année-là : ex. sous le consulat de Paul Émile et de Varron.

Ce fut un siècle plus tard que Marcus Terentius Varro (116-27 av. J.-C.) établit une ère romaine, à dater de la fondation présumée de Rome, correspondant au 21 avril 753 av. J.-C. L'ère chrétienne fut introduite par Denys le Petit, moine scythe, en 532 ap. J.-C.

Les mois n'étaient pas divisés en semaines, mais en calendes qui commençaient le premier jour du mois, en nones qui commençaient le septième jour du mois, et en ides, le quinzième jour du mois. Le calcul du jour s'effectue en comptant avant le début des Calendes, des Nones, ou des Ides : ex. le troisième jour avant les ides de mars.

TABLE

Si vous avez aimé ce titre, vous aimerez aussi dans la collection Le Livre de Poche Jeunesse :

Les Cinq Écus de Bretagne
Évelyne Brisou-Pellen
Rennes, à la fin du XVe siècle. Guillemette doit se réfugier chez son grand-père. Or, celui-ci se comporte bizarrement : il veut absolument qu'elle change de nom...
10 ans et +
N°453

Les portes de Vannes
Évelyne Brisou-Pellen
Guillemette, qui a grandi, apprend qu'Estienne, l'ex-apprenti des Cinq Écus de Bretagne, est en danger. Elle n'hésite pas à partir à sa recherche.
10 ans et +
N°475

Deux graines de cacao
Évelyne Brisou-Pellen
Bretagne, 1819. Julien s'embarque sur un navire marchand à la recherche de son histoire car il vient de découvrir qu'il a été adopté. Or, le bateau dissimule un commerce d'esclaves, illégal depuis peu...
10 ans et +
N°748

Le Roman du Masque de fer
D'après Alexandre Dumas
L'intrigue du masque de fer extraite du *Vicomte de Bragelonne* est donné à lire comme un petit roman autonome.
Louis XIV a-t-il eu un frère jumeau tenu prisonnier 36 ans sous un masque de fer ? Entre l'Histoire et la légende, le prisonnier masqué a pris de multiples visages.
12 ans et +
N° 1137

La bête du Gévaudan
José Féron Romano
1763. Dans le Gévaudan, la terreur règne : des enfants, des femmes, des vieux sont mis en pièces par une bête féroce et insaisissable.
10 ans et +
N° 267

Le faucon déniché
Jean-Côme Noguès
Pour garder le faucon qu'il a recueilli, Martin, fils de bûcheron, tient tête au seigneur du château. Car à cette époque, l'oiseau de chasse est un privilège interdit aux manants.
11 ans et +
N°60

Le premier dessin du monde
Florence Reynaud
Au temps de la préhistoire, l'enfant qui possède le don de dessiner n'est-il pas un être magique et donc une menace pour son clan ?
10 ans et +
N°738

Le cavalier de Bagdad
Odile Weulersse
Dans la caravane qui va de La Mecque à Bagdad, Tahir rêve de gloire : il porte au calife un rubis très précieux qui lui a été confié par son père. Il va, sans le savoir, au-devant de la violence.
11 ans et +
N°262

Le chevalier au bouclier vert
Odile Weulersse
Un chevalier très pauvre est amoureux de la fille du comte de Blois. La sœur de celle-ci s'oppose à cette union.
11 ans et +
N°320

« Pour l'éditeur, le principe est d'utiliser des papiers composés de fibres naturelles, renouvelables, recyclables et fabriquées à partir de bois issus de forêts qui adoptent un système d'aménagement durable. En outre, l'éditeur attend de ses fournisseurs de papier qu'ils s'inscrivent dans une démarche de certification environnementale reconnue. »

Composition Jouve – 53100 Mayenne
Nº : 294986x

Achevé d'imprimer en Espagne par LIBERDUPLEX
Sant Llorenç d'Hortons (08791)

32.10.2450.8/03 - ISBN : 978-2-01-322450-5
Loi nº 49-956 du 16 juillet 1949 sur les publications destinées à la jeunesse
Dépôt légal: mai 2009